Alexander Leipold
Hans-Peter Breunig

Alexander Leipold
Hans-Peter Breunig

Wer nicht kämpft, hat schon verloren!

Olympische und andere Siege

Die bewegende Geschichte des Weltklasseathleten
Alexander Leipold, den selbst drei Schlaganfälle
nicht aus der Bahn werfen konnten.

Impressum

Herausgeber:
Alexander Leipold
www.alexander-leipold.de
leipold@feelyourlimit.de

Lektorat und Gesamtherstellung:
Stefanie Baiter | München

Umschlaggestaltung, Layout & Satz:
Selina Grebe | Querformat Medienkonzept GmbH

Druck und Bindung:
Druckerei Bender GmbH, Wettenberg/Gießen

druckereibender db

2. Auflage 2020

ISBN 978-3-00-051775-4
Preis: 18,90 Euro (D)

Bildnachweis:
Titelbild | Sportphoto by Laci Perenyi

Bildstrecken | Sportphoto by Laci Perenyi, Stiftung Deutsche Schlaganfall-Hilfe, Jan von Holleben | www.janvonholleben.com, Robinson Club GmbH – Fotograf Martin Miseré & Jürgen Schmitz, Deutsche Sporthilfe/picturealliance, Martin Gábor, Bongarts Sportfotografie, Tanzschule Alisch – Fotograf Tobias Turhan, Malteser DGS Köln – Fotograf Lindemann, Respekt – Fotograf Kris-Patrick Rudolf, Kadir Caliskan, Alexander Leipold (privat)

Danksagung | picture alliance – Britta Petersen für adidas

»Immer wieder aufzustehen, wenn man, aus welchen Gründen auch immer, auf der Matte liegt; dies ist für Ringer sicherlich Alltag. Aber wie steht man auf, wenn man bewegungsunfähig ist? Alexander Leipold hat uns allen auch das vorgemacht. Die unbändige Willenskraft, mit der er Schicksalsschläge gemeistert hat, ist eindrucksvoll und vorbildlich. Seine spannende Lebensgeschichte ist lehrreich! Auch Resilienz und Widerstandskraft kann man trainieren. Ich habe Alexander Leipold kennen- und schätzen gelernt, als Kämpfernatur, ohne Starallüren; mit echtem Interesse an seinem Gegenüber, mit echter Freude am Leben und hohen Ansprüchen erst einmal an sich selbst.

Schwierige Situationen stellen sich jedem von uns: Verlust eines Angehörigen, schwere Krankheit, berufliche Rückschläge. Menschen, die einem noch ein paar Tage vorher freundlich begegnet sind, zeigen scheinbar mit dem Finger auf einen. Alexander Leipold hat auch das erlebt und damit teilen wir eine gemeinsame Erfahrung. Wir ziehen ähnliche Lehren daraus: Sicher, es bleiben nach solch einschneidenden Erfahrungen Narben, aber wer wieder aufsteht, der erlebt tatsächlich, dass er auf vielfältige Weise gestärkt daraus hervorgeht. Das Glücksgefühl, schwer gestürzt und dennoch wieder aufgestanden zu sein.«

Christian Wulff
Bundespräsident a.D.

Vorwort

Lebenstraum – Olympische und andere Siege

Schon der Titel des Buches treibt meinen Pulsschlag in die Höhe. Denn ich weiß, wovon mein ehemaliger Schützling Alexander Leipold in seinem zweiten Buch erzählt. Von dem, was er am besten beherrscht. Was ihn in der Ringerwelt unsterblich macht. Das Kämpfen. Das Auskämpfen schwieriger Situationen. Niemals aufgeben.

Als sein Trainer war ich sehr nahe dran an ihm. An seinen spektakulären Siegen, an seinen Niederlagen und den Schicksalsschlägen. 14 Jahre lang. Meistens als Bundestrainer bei internationalen Höhepunkten und in der Trainingshalle. Sehr oft bei Siegesfeiern und auch als väterlicher Freund zwischen Familie, Ringermatte und seinem Heimtrainer Gerhard Weisenberger. Aber ich litt auch mit ihm. Ganz besonders, als uns die Goldmedaille von den Olympischen Spielen 2000 in Sydney wieder entrissen wurde und er dieses Trauma überwinden musste.

Ich bewundere noch heute seine Willenskraft, mit der er fast zwei Jahrzehnte lang die stärksten Ringer der Welt bezwang. Und wie er 2003 gegen einen unsichtbaren, unberechenbaren Gegner, dem Schlaganfall, »oben« geblieben ist.

Ich habe seine Schlaganfälle miterlebt und betreute ihn, als er sich danach in kürzester Zeit für seine fünften Olympischen Spiele vorbereitet hat. Das war wunderbar und beeindruckend. Unvergesslich.

Unvergessen ist aber auch, dass wir für dieses einmalige Vorhaben vom deutschen Sport keine Unterstützung erhielten.

Ich kann dieses Buch meines Musterathleten Alexander Leipold voller Überzeugung weiterempfehlen. Es liest sich wie eine spannende Orientierungshilfe zur Bekämpfung von Schicksalsschlägen.

Wolfgang Nitschke

Verbandstrainer DDR | Bundestrainer Deutschland
DRB Sportdirektor und Bundestrainer | Nationaltrainer VR China

Wer nicht kämpft, hat schon verloren

Was ist denn jetzt los? Ich kann mich nicht bewegen. Ich spüre nichts. Ich liege, möchte aufstehen. Nichts. Mein Körper, der bisher so gut funktionierte, lässt mich im Stich. Mein Körper, der mich bis zur Weltmeisterschaft führte, bis zum Olympiasieg... Verdammt.

Ich heiße Alexander Leipold. Ich bin Ringer. Nein, ich war Ringer. Denn ich liege hier bewegungsunfähig in einem steril weiß bezogenen Bett auf der Intensivstation der Universitätsklinik Würzburg und starre in die Augen von Dr. Müllges. Der Mann spricht auf mich ein, aber ich kapiere nichts. »Herr Leipold, können Sie mich hören?« Natürlich höre ich ihn, doch ich kann ihm das nicht mitteilen. Meine Zunge gehorcht mir nicht, mein rechter Mundwinkel scheint mein Gesicht verlassen zu wollen. Ich will schreien, es kommt nur ein Röcheln. Und dann höre ich ein Wort, das mir den Boden wegziehen würde, wenn ich stehen könnte: »Herr Leipold, Sie hatten einen Schlaganfall.«

Das war‘s dann wohl.

Raufen – und verlieren

Dabei begann alles doch so viel versprechend.
»Alex, ich geh zum Training, magst du mit?« Die Frage meines Vaters ist nun wirklich überflüssig. Klar werde ich dabei sein, wenn mein Vater Egon seine Kumpels reihenweise aufs Kreuz legt. Papa ist hier im kleinen Aschaffenburger Vorort Karlstein-Dettingen einer der Stärksten und Besten im Verein Germania Dettingen, in dem auch mein neun Jahre älterer Bruder Jürgen erfolgreich kämpft. So stark wie diese beiden will ich auch mal werden. Mindestens. Ich bin gerade vier Jahre alt geworden und eigentlich schon lange dabei. Ich kann auch schon mithelfen, die Ringermatten aufzubauen. So, wie die erwachsenen Athleten das vor jedem Training und vor jedem Mannschaftskampf tun. Und Purzelbaum kann ich auch schon. Jürgens Freunde zeigen mir tolle Tricks, mit denen ich jeden Gegner auf beide Schultern werfen kann.
Allerdings habe ich keine richtigen Gegner. Ich bin eher das »Opfer«. Die Jungs hier in der nach Schweiß riechenden Übungshalle sind alle viel, viel größer, kräftiger, schwerer und natürlich älter als ich. Also muss ich zusehen, dass ich wendiger bin, dass sie mich nicht so schnell erwischen und mit mir die Matte ausklopfen. Die machen das nämlich, und mein Vater lacht. Dass es wehtut, zeige ich nicht. Ich bin schließlich Alexander der Große. Auch wenn die Jungs mir beinahe täglich das Gegenteil beweisen.

Aber Ehrensache, ich gebe doch nicht auf, zumal Papa Egon und Bruder Jürgen nicht nur Vorbilder, sondern auch tolle Ausbilder sind. Geduldig sind sie auch. Selbst wenn ich mal keine Lust aufs Training habe, am Mattenrand liege und nur zuschaue, drängen sie mich nicht. Die beiden wissen ja, dass ich mich bald wieder ins Getümmel stürzen werde. Raufen macht Spaß.
Inzwischen bin ich fünfeinhalb Jahre alt. Papa meint, jetzt wird es Zeit, dass ich der Welt mal zeige, was da auf sie zukommt. Oder zumindest in unserer Gegend am Untermain sollen sie das sehen. In wenigen Wochen stehen die Bezirksmeisterschaften auf dem Programm, da liegen die ersten Medaillen für mich schon bereit. Denn ich will da mitmachen. Naja, ein kleines Hindernis müssen Papa und ich noch aus dem Weg räumen: Man muss nämlich sechs Jahre alt sein, um die Startberechtigung zum Kämpfen zu erhalten. Aber Papa kennt den Wettkampfchef Edwin Reuter gut und der erteilt nach gutem Zureden eine Ausnahmegenehmigung. Logisch, ich bin ja auch ein Ausnahmeringer.
Bezirksmeisterschaften also. Im Nachbarort. Die besten Ringer wollen dort auf das Siegerpodest. Ich bin ganz schön aufgeregt vor meinem ersten Kampf. Papa und Jürgen helfen mir in meinen blauen Ringeranzug, schnüren mir die Turnschuhe und geben mir die allerbesten Tipps.
Mein erster Gegner ist fast acht Jahre alt und wirklich viel, viel größer. Manfred Schwind heißt er, wird später mal ein guter Ringer und erzählt noch bei jeder Gelegenheit von diesem für ihn legendären Kampf. Sehr viel kann er freilich nicht sagen: Ehe ich nämlich die Tipps und Tricks von Papa und Bruder anwenden kann, ist dieser erste Kampf auch schon zu Ende. Ich liege auf beiden Schultern und japse nach Luft. Die Tränen kullern, als ich niedergeschlagen in meine Ecke schleiche und Papa

angucke. Der aber schimpft nicht, sondern klopft mir anerkennend auf meine schmalen Schultern und sagt: »Nicht schlimm, das passiert jedem einmal.« Dumm nur, dass mir das eine knappe Stunde später gegen Frank Rauscher gleich noch mal widerfährt. Jürgen tröstet mich: »Aller Anfang ist schwer.« Nichts war es mit der erhofften Medaille… Zu Hause nimmt mich Daniela, meine große Schwester, in den Arm. Sie hat meine ersten Gehversuche als Athlet natürlich auch in der Halle verfolgt. Aber direkt vor den anderen Jungs lässt sie mich in Ruhe – ich bin ja schließlich schon ein Mann. Da kommt so eine Umarmung nicht gut. Aber im Wohnzimmer daheim helfen Streicheleinheiten auch über Schulterniederlagen hinweg.

Aber verlieren tut nun mal weh.

Ich fühle mich wirklich nicht besonders gut. Meinem Papa scheint das genauso zu gehen. Aber er nimmt mich zur Seite und erklärt mir ganz genau, was ich falsch gemacht habe. Er meckert nicht, er lobt aber auch nicht. Ich brauche aber Lob. Und ich möchte meinen Papa nicht enttäuschen. Ich will, dass er stolz auf mich ist. Ich komme ins Grübeln. Ist Ringen wirklich der richtige Sport für mich? Wäre Fußball nicht besser? Ich bin nämlich auch ein guter Fußballer – und wenn ich wirklich mal einen schlechten Tag habe, kann mir ja die Mannschaft helfen...

Nach kurzem, intensiven Nachdenken steht für mich fest: Klar mache ich weiter. Zum einen bin ich nicht der Typ, der einfach alles hinwirft, zum anderen gibt es da zwei weitere triftige und wichtige Gründe fürs Weitermachen. Die Gründe heißen Jens und Volker. Das sind nämlich meine besten Freunde, Schulkameraden von mir – und Ringer, wie ich. Nur sind die auch erfolgreiche Kämpfer, während ich... Naja, so kann das jedenfalls nicht weitergehen. Auch wenn Jens und Volker größer

sind: Ich werde sie besiegen, darauf können sie sich jetzt schon mal vorbereiten. Und dann wird auch Papa stolz sein, und die anderen auch.
Zu diesem Zeitpunkt kommt auch jener Spruch zu mir, der mein weiteres Leben prägen wird: Wer kämpft, kann verlieren, aber wer nicht kämpft, hat schon verloren.

Ich weiß nicht mehr, wer mir das Zitat von Berthold Brecht, oder war's doch Rosa Luxemburg, gesagt hat oder wo ich es gelesen hatte. Ich weiß nur, dass es mir gefällt.
Raufen ist immer noch schön, verlieren immer noch doof.
Also weiteres Training mit den Großen. Also weitere Niederlagen. Ich bin dürr, bleich, unscheinbar, hartnäckig. Im Training gibt es noch immer keine Jungs in meiner Alters- oder Gewichtsklasse. Also bleiben mir nur die etwas Größeren. Weil ich aber gegen die kräftemäßig einfach noch nicht mithalten kann, muss ich zu anderen Mitteln greifen: Ich muss wendiger sein als sie und hartnäckiger. Ich fehle bei keinem Training. Fleiß zahlt sich aus. Irgendwann muss sich das auszahlen.
Einer der unzähligen Trainingsabende. Der anderthalb Jahre ältere Volker will mich wie immer aufs Kreuz legen. In letzter Zeit hat Volker schon ein wenig mehr Mühe mit mir, bis er mich unsanft aufs Kreuz legt, aber er hat es bisher immer geschafft. Gerade will er mich mit beiden Armen umfassen, um mich dann mit seinem ganzen Gewicht zu Boden zu reißen, als ich blitzschnell unter seinem Arm vorbeihusche, seinen eigenen Schwung mitnehme und ihn auf den Rücken werfe. Verdutzt liegt Volker auf den Schultern. Mein Bruder Jürgen steht am Mattenrand und grinst. Das Gefühl, etwas geschafft zu haben, was mir niemand zugetraut hat, ist einzigartig. Jetzt bin ich ein Ringer. Jetzt will ich der Beste werden.

Mein Ehrgeiz treibt mich ebenso an wie Vater und Bruder. Ich merke schnell, dass ich, wenn ich ganz ruhig bleibe, abwarten und auf falsche Bewegungen meiner Konkurrenz warten kann, immer meine Chance kriege. Nicht immer gelingt es, die Jungs zu überraschen. Doch immer häufiger hole ich die Punkte und bekomme daher den Respekt meiner Gegner. Das macht viel mehr Spaß als nur trainieren und verlieren.
Spaß macht aber nicht nur das Ringen um den Sieg: Auch das Zuschauen und Anfeuern der Vorbilder und Kumpels ist genial. Ein Sonntag bleibt mir dabei in steter Erinnerung: Auf der Dettinger Kerb – das ist ein volkstümliches Bierfest – gingen wir Ringer vom Stemm- und Ringverein Germania 1910 e.V. Dettingen auf den Festplatz, um einen Mannschaftskampf auszutragen. Fünfmal mehr Zuschauer, eine tolle Stimmung, Sport pur – und gewonnen haben wir auch. Ich bin begeistert. Aber auch davon, dass ich nach dem Sieg meiner Jungs die leeren Bierkrüge einsammeln darf, pro Krug einen Pfennig bekomme und mit meinen Einnahmen Autoscooter bis zum Abwinken fahren kann. Das Leben ist schön, Ringen ist schön...
Natürlich fließen bei mir weiter Tränen, weil ich einfach nicht verlieren mag, mein Wunsch nach Siegen aber noch lange nicht so oft erfüllt wird wie erhofft. Der Jubel nach dem Gewinn eines Kampfes überholt nach und nach die Trauer nach einer Niederlage.
Es ist März 1978, ich bin acht Jahre alt. Wieder stehen die Ringerbezirksmeisterschaften an. Ich bin immer noch einer der Jüngsten in meiner Gewichtsklasse. Ich bin immer noch der schmale Alex, über den sie grinsen, weil sein blauer Ringeranzug an ihm schlackert. Nach dieser Meisterschaft lacht jedoch niemand mehr. Ich gewinne meine ersten Titelkämpfe, werde für den Landeskader nominiert und zähle plötzlich zu den

Talenten im Raum Main-Spessart. Mein Trainer Benno Stock ist stolz wie Bolle, denn bei meiner ersten Bezirksmeisterschaft, als ich den vierten Platz belegte (bei vier Teilnehmern), hatte der erfahrene Coach in mir nicht unbedingt den kommenden Weltmeister gesehen.

Ich will aber Weltmeister werden. Und Olympiasieger. Und deutscher Meister. Mir egal, in welcher Reihenfolge. Also werde ich mich mit den allerbesten Ringern messen. Hier in Dettingen geht das nicht, da muss ich schon ins 20 Kilometer entfernte Goldbach wechseln, dem derzeit besten Verein im Umkreis am Untermain. Dort tummeln sich die stärksten Nachwuchskräfte, sagt mein Papa. Ich bin eine starke Nachwuchskraft, also muss ich dort hin und wechsele 1980 den Verein.

Leicht ist dies nicht. »Jetzt, wo wir ihm alles gelernt haben, haut er ab«, Benno Stock ist stocksauer. Es wird lange dauern, bis dieser wirklich gute Trainer versteht, dass es wichtig ist, dass mein Weg weitergehen muss. Wer nach oben möchte, darf niemals stillstehen. Also Goldbach, also noch mehr Training, weniger Fußball – obwohl ich als Torwart meiner Germania aus Dettingen nur vier Tore kassiere und wir mit 55 Treffern locker die Meisterschaft holen.

Jetzt bin ich zehn. Fünf Jahre und unzählige Stunden stehe ich schon auf der Matte. Ich wiege 31 Kilo, bin mit dem B-Jugend-Team des AC Bavaria Goldbach deutscher Vizemeister und werde am Wochenende nach Bremen fahren. Die deutsche Einzelmeisterschaft der B-Jugend, also der zehn- bis vierzehnjährigen, steht an. Ich bin nominiert und mein neuer Trainer, Jürgen Barleben, glaubt, dass ich gar nicht chancenlos bin. Meine Familie sieht mich immer in der Favoritenrolle, weil ich für sie immer der Beste bin. Ich gewinne sechs von sieben Kämpfen und stehe stolz auf dem obersten Treppchen. Ich bin deutscher Meister, ich hüpfe vor Freude um die Matte, meine Eltern rasten aus, ich lese meinen Namen in der Zeitung, alle klopfen mir auf die noch immer schmalen Schultern. Großartiges Gefühl.

Lob, Anerkennung, Zustimmung – das sind meine Antriebsfedern. Während viele Sportler ihre Lorbeeren so lange genießen, bis die verwelken, will ich den Erfolg nicht nur auskosten, sondern ihn vermehren. Ich stehe schon am nächsten Tag wieder auf der Matte. Meine Eltern, mein Trainer Jürgen Barleben, meine Geschwister – sie alle sorgen dafür, dass ich auf dem Boden bleibe, dass ich nicht abhebe. Es zahlt sich aus.

Ein Jahr später – 1981, mit elf bzw. zwölf Jahren – muss ich nicht ein einziges Mal als Verlierer von der Matte. 105 Kämpfe, 105 Siege, davon 103 Schultersiege – und das in beiden Stilarten, griechisch-römisch und Freistil. Mit diesen Siegen werde ich Bezirksmeister, Landesmeister, deutscher Einzel- und Mannschaftsmeister. Meine Mutter hat jeden einzelnen Artikel darüber fein säuberlich in Ordnern abgeheftet, hat Urkunden gesammelt, Pokale aufgestellt und Medaillen aufgehängt. Jetzt gehöre ich zu den besten jungen Ringern in der Gewichtsklasse bis 40 Kilogramm. »Alexander Leipold, ein vielversprechendes Talent«, steht in der Zeitung.

Zu jung für Erfolge?

Und heute, 2003, steht in der Zeitung: »Alexander Leipold kämpft nach drei Schlaganfällen um sein Leben.« Gegen Schlaganfälle kann ich mich in diesem Augenblick nicht wehren. Griffe und Tricks gibt es nicht. Keinen Halt, gar nichts. Es ist, als stecke ich in einem Sumpf, der mich unaufhaltsam nach unten zieht. Panik krabbelt durch meinen Körper. Das ist doch kein Leben mehr. Das will ich nicht. Hilflosigkeit, nein danke. Das kann ich nun gar nicht gebrauchen. Ich will hier nicht liegen. Ich kann hier nicht liegen.
Alles dreht sich, es ist wie ein Albtraum.
Warum kommt mir gerade jetzt auf der Intensivstation in der Würzburger Uniklinik der Spruch in den Sinn: »Wer kämpft, kann verlieren, aber wer nicht kämpft, hat schon verloren«?
Ich werde kämpfen. Ich werde nicht aufgeben. Ich werde zurückkehren auf die Matte.

Nur wie? Ich kann ganz klar denken. Und das ist das ganz große Problem. Denn ich denke über meine Verzweiflung nach, über meine Verantwortung für meine Familie, über den Tod. Und dabei bin ich hilflos, das macht mich wütend.
Wie damals, an diesem Vormittag im März 1984. Ringer-Bundestrainer Detlef Schmengler hatte mich nicht für die Jugend-Europameisterschaft nominiert. Hallo, geht's noch?

Ich bin deutscher Jugendmeister. Also der Beste. Und der Herr Schmengler will mich nicht mitnehmen! Begründung: Ich sei zu jung. Quatsch, ich werde doch bald 15 und zur Europameisterschaft bin ich es schon. Und es gibt kein alt oder jung. Es gibt nur gut oder schlecht.
Der Herr Schmengler kriegt was zu hören, wenn er mir über den Weg läuft.
Na gut, ich beklage mich nicht beim Cheftrainer der Ringer. Wer motzt, hat ohnehin keine Chance, das bringt nichts. Das habe ich inzwischen gelernt. Also bettle ich lieber. So lange, bis ich dem guten Mann richtig auf den Keks gehe. »Also gut«, sagt er, »du wirst ringen, wenn du bei den Deutschen Juniorenmeisterschaften (bis 20 Jahre) gewinnst.« »Jetzt erst recht«, sagt Barleben, mein Heimtrainer aus Goldbach. Es gibt nur ein Problem, und das heißt Lukas Kuhner. Gegen den habe ich bei den Titelkämpfen der Männer Anfang des Jahres noch deutlich verloren. Das weckt aber meinen Ehrgeiz bis ins Unermessliche. Geht nicht, gibt's nicht. Ich werde diesem Bundestrainer beweisen, was Alexander Leipold kann, wenn er will. Für eine Europameisterschaft kann mich auch ein Lukas Kuhner nicht bremsen. Ja, und bisweilen versetzt der Wille Berge. Ich gewinne im Finale gegen Lukas Kuhner, werde Deutscher Juniorenmeister – und darf zur Europameisterschaft. Ob sich Bundestrainer Schmengler ärgert? Mir egal.

Bei der Europameisterschaft verliere ich dann allerdings, aber weil mir diese erste Niederlage seit ziemlich langer Zeit erst im Finale von Barcelona widerfährt, bin ich immerhin Vize-Europameister. Toll, oder? Ich freue mich wie ein kleines Kind. Er ist schon lange nicht mehr skeptisch, sondern freut sich mit mir, obwohl ich immer noch aussehe wie ein Milchbubi, den

man nicht auf austrainierte Profis aus dem Osten loslassen sollte. Sagt er immer noch augenzwinkernd. Verstehe ich nicht...
Aber auch sowas kann Antriebsfeder sein: Den Zweiflern beweisen, dass es geht. Den Pessimisten zeigen, was mit Optimismus zu erreichen ist. Allerdings ist die Dosierung wichtig. Ich habe gelernt, dass ich nicht vor anderen protzen muss, sondern dass ich selbst überzeugt sein muss von meinem Tun, von meinem Willen, von mir.
Klar, ich bin noch zu jung, um das alles zu kapieren und auch in die Tat umzusetzen. Aber ich habe inzwischen einen Menschen getroffen, der mir hilft, das alles zu begreifen: Werner Kraß.

Werner Kraß. Das ist der Mensch, dem ich ziemlich viel verdanke. Wenn er nicht gewesen wäre, läge ich dann hier auf der Intensivstation der Uniklinik in Würzburg? Oder irgendwo auf einem Friedhof in Taschkent? Ich weiß es nicht, ich weiß aber recht viel über Werner Kraß, und ich weiß, dass er noch weitaus mehr über mich weiß. Werner Kraß ist mein Physiotherapeut, mein Berater, mein Mentor, mein Freund – vermutlich auch mein Lebensretter: Ihn habe ich aus Usbekistan sofort angerufen, weil mein Körper Signale sendete, die ich bislang nicht kannte.
Werner Kraß sitzt also am anderen Ende des Telefons im fernen Hösbach bei Aschaffenburg und hört sich an, was mich verwirrt. Ich schildere ihm, dass ich schon während der Vorbereitung auf den Länderkampf in Taschkent dieses merkwürdige Kribbeln im linken Arm und auch im Fuß verspüre. Dazu kommen diese komischen Schluckbeschwerden. Und das schon seit Tagen. Fit fühle ich mich beileibe nicht. Natürlich sage ich Werner, dass ich dennoch den Länderkampf bestritten und den Usbeken Alexander Sacharin mit 6:0 geschlagen habe. Aber diese merkwürdigen Beschwerden wollen einfach nicht weggehen.

Werner Kraß hört sich alles in Ruhe an – und für ihn gibt es weder »wenn« noch »aber«. »Du fliegst sofort nach Hause. Sofort.« Mein Physio lässt keine Widerworte zu. Wenn mir das ein Trainer oder ein Funktionär befohlen hätte, hätte ich mir das wohl zweimal überlegt. Der ganze Aufwand, das wichtige Trainingslager. Aber wenn Werner das sagt...

Es ist der 28. Juli 2003, als ich die erste mögliche Maschine nach Deutschland nehme. Warum ich Werner Kraß so vertraue und spontan seinem eindringlichen Rat befolge? Deshalb:

Das Kennenlernen

Das erste Mal, seit ich in diesen tollen Zweikämpfen mit echten Gegnern auf der Matte stehe, bin ich ernsthaft verletzt. Nach jedem Training, nach jedem Wettkampf habe ich Rückenschmerzen. Mit 15 fühle ich mich abends wie ein alter Mann. Ein Orthopäde in Aschaffenburg untersucht mich und stellt fest: »Junger Mann, du hast eine so extreme angeborene Rückgratverkrümmung, damit kannst du auf keinen Fall mehr ringen.«

Dieser professionell und emotionslos ausgesprochene Satz trifft mich wie ein Vorschlaghammer. Ich darf nicht mehr ringen? Das kann nicht sein. Das darf nicht sein. Ringen und ich – wir gehören zusammen.

Mit 15 Jahren bricht meine ganze Welt zusammen. Es ist so, als würde einem der bisherige Lebensinhalt weggenommen. Verzweifelt erzählte ich meinem Trainer Jürgen Barleben von dieser schrecklichen Diagnose. Der fackelt gar nicht lange, schnappt mich und geht mit mir zum Hösbacher Physiotherapeuten Werner Kraß. Ruhig und besonnen hört er sich meine Ängste an – und er sagt: »Quatsch, wenn du mit dem Sport aufhörst, wird alles noch viel schlimmer. Du machst natürlich weiter.«

Allein für diese beruhigenden, aufbauenden Sätze hätte ich diesen Mann umarmen können. »Du machst natürlich weiter« klang für mich wie Weihnachten.

Weihnachten kann manchmal ziemlich stressig sein. Die Behandlung einer Rückgratverkrümmung auch. Vor allem, wenn sie konsequent behandelt wird. Werner Kraß ist konsequent. »Dreimal am Tag stehst du im Gymnastikraum, um deine Rückenmuskulatur zu stärken«, sagt er. Und Werner Kraß ist keiner, der mal wegsieht, wenn es richtig hart wird. So werde ich also Dauergast in seiner Praxis – sowohl bei ihm als auch seiner Frau Marie Therese. Dadurch bleibe ich auch Dauergast auf der Matte, die die Welt für mich bedeutet. Dank Werner Kraß. Das Vertrauen wächst. Nach einer Blinddarm-OP ein paar Jahre später dosiert er die Reha, weil ich zu ungestüm und schnell wieder kämpfen möchte. Nach einer Meniskus-Arthroskopie schleift er mich täglich stundenlang, und wie ich glaube rücksichtslos, damit ich nicht aufgebe, obwohl ich diese Gedanken immer wieder habe. Werner Kraß kennt meinen Körper inzwischen besser als ich. Und so behandelt mich der Mann mit den Zauberhänden.
Ich merke bald: Diese Ausgewogenheit zwischen harter Belastung und feinfühliger Steuerung ist optimal für mich. Ich werde deutscher Serienmeister, Junioreneuropameister, Juniorenweltmeister, darf an den Olympischen Spielen in Seoul teilnehmen (7. Platz). Nicht schlecht für einen schwächlichen Jungen mit einer Rückgratverkrümmung.
Dann der Schock: Im Januar 1990 erwischt es mich gewaltig. Eine blöde Ausweichbewegung im Training, ein stechender Schmerz – und dann können auch die Wunderhände von Werner Kraß nicht mehr helfen: Meniskus, Kreuzband dachte ich – alles im Eimer, alles umsonst. Kraß ordnet aber weitere Untersuchungen an. Heraus kommt, dass ich an einer Knochenerweichung im Kniegelenk leide. Na gut, keine Sportverletzung, aber auch keine Entwarnung. Ich muss operiert werden und darf sieben Monate nicht auftreten, sagt man mir.

Sieben Monate…
Nach dieser schweren OP scheint meine Sportkarriere beendet zu sein. »Der ringt nicht mehr.« Das höre ich jetzt häufig, wenn ich auf Krücken durch die Gegend humple. Offen sagt mir das kein Arzt, aber mitleidige Blicke verraten mir alles. Ich glaube das inzwischen auch. Ich bin fix und fertig. Ich bin gerade 20 Jahre jung, bewege mich auf den Gipfel meiner Karriere zu – und jetzt soll Schluss sein?
Wieder mal ist es Werner Kraß, der Klartext spricht und mir meinen Leitspruch in Erinnerung ruft: »Wer kämpft, kann verlieren, aber wer nicht kämpft, hat schon verloren.«
Also kämpfe ich. Bedingungslos.
Der Kampf dauert fast ein ganzes Jahr. Ein Jahr voller Zweifel, voller Schmerzen, voller Resignation – nur nicht bei Werner Kraß. »Wir kriegen das schon wieder hin«, sagt er. Klasse. »Wir«! Er meint aber mich, der das wieder hinkriegen muss. Ich sagte schon, Werner Kraß ist ein konsequenter Mensch. Für mich bedeutet das zehn Stunden Reha täglich. Für 800 D-Mark kaufe ich mir ein wackliges, aber funktionstüchtiges Automatik-Auto, damit ich zumindest mobil bin – wenn ich schon nicht richtig laufen kann. Ab neun Uhr in der Früh stehen Krafttraining und Behandlungen in Hösbach bei Werner und seiner Frau auf dem Plan. Die beiden wechseln sich ab, damit ich auch wirklich optimal betreut und behandelt werde. Es gibt jetzt Tage, da hasse ich den Sport, das Ringen, das Kämpfen, dieses Herantasten an die Grenze, das Überschreiten der Möglichkeiten…
Immerhin gibt es jeden Tag zur Mittagszeit gutes Essen. Längst bin ich Familienmitglied bei Kraß' geworden. Ich bin ja ohnehin täglich dort.
Am Mittag dann zockle ich mit meinem Automatikauto nach Heigenbrücken zur Aqua-Reha und weiteren Behandlungen, um

mich weitere Stunden zu schinden, damit ich wieder das werden kann, was ich mal war: ein guter Ringer. Werner Kraß reicht das nicht: »Nichts da, du wirst besser sein!« Naja, wenn er meint... Es ist nicht leicht, Tag für Tag an seine Grenzen zu gehen, wenn man keine Ergebnisse sieht. Wenn ich gegen einen Konkurrenten antrete, weiß ich am Ende des Kampfes, ob ich gewonnen oder weshalb ich verloren habe. Wenn ich irgendwelche Kraftübungen tausendmal wiederhole, weiß ich am Ende des Tages, dass ich müde und kaputt bin. Aber vor mir liegt keiner auf der Matte. Hätte ich kein absolutes Vertrauen in diesen konsequenten Quälgeist, hätte ich spätestens nach einem halben Jahr alles hingeworfen. Aber so ziehe ich das durch.

***

Werner Kraß ist ein viel beschäftigter Mensch. Einer, dessen Praxis im beschaulichen Hösbach am Untermain überquillt von Hilfe suchenden Menschen. Werner Kraß ist einer, der Otto Normalverbraucher als Physiotherapeut behandelt, ihnen Beweglichkeit zurückbringt. Werner Kraß muss allerdings ein wenig besser sein als andere: Denn bei ihm geben sich Sportgrößen der verschiedensten Disziplinen die Klinke in die Hand. Ob Tennis-Stars oder Olympiasieger im Bob-Sport, ob Golf-Profis oder Ringer – Werner Kraß hat im wahrsten Sinne alle Hände voll zu tun. Die Athleten vertrauen ihm, er kriegt sie fast immer wieder hin, termin- bzw. wettkampfgerecht. Und deshalb hat er für andere Dinge nie Zeit. Schon gar nicht für Interviews. Aber es gibt Ausnahmen. Für Alexander Leipold, »seinen« Athleten, nimmt sich der 58-Jährige alle Zeit der Welt. Denn die beiden verbindet zweifelsfrei mehr als nur ein Therapeut-Patient-Verhältnis. Und deshalb plaudert der erfahrene Physiotherapeut Werner Kraß auch mit einer gewissen Portion Hingabe.

Mehr als ein Freund

Von Werner Kraß

Als ich Alex kennenlernte, war er ein Knirps, der nur eines im Kopf hatte: Ringen und gewinnen. Er war wegen einer Rückgratverkrümmung stark gehandicapt. Eigentlich war ich sein letzter Notnagel, weil einige Ärzte schon meinten, er solle wegen seiner gesundheitlichen Probleme mit dem Sport aufhören. Da ich ihm Mut machte und ihm Wege zeigte, wie er denn seinen geliebten Sport weiter betreiben konnte, entstand Vertrauen, das wuchs und wuchs.

Vertrauen war von Beginn an das A und O zwischen uns beiden. Er musste sich auf mich verlassen können, ich musste wissen, dass er diszipliniert genug war, meinen Anweisungen Folge zu leisten. Das bedeutete im Umkehrschluss, dass Sprechstundenzeiten oder Wochenenden für mich nicht galten, wenn Alex mich brauchte. Er freilich war immer und ohne Ausnahme zu den vereinbarten Zeiten vor Ort, quälte sich durch alle Verletzungen, die ein Ringer eigentlich zwangsläufig im Laufe einer Karriere erleidet.

Über die Jahre und über die zahlreichen Erfolge hinweg entwickelte sich fast so etwas wie ein Vater-Sohn-Verhältnis. Und so war es auch nicht unbedingt verwunderlich, dass er mich anrief, als er in Usbekistan diese für ihn merkwürdigen Symptome bemerkte. Ich bin zwar kein Arzt, aber ich wusste sofort, dass dies etwas Ernstes sein musste. Völlig klar war, dass er dort nicht in ein Krankenhaus zur Untersuchung gehen durfte. Nicht minder gefährlich war natürlich auch, sich mit diesen Anzeichen in ein Flugzeug zu setzen und heimzufliegen. Aber das Risiko mussten wir eingehen. Ich riet also Alex zum schnellen Rückflug, sorgte für eine sofortige Untersuchung in Flughafennähe und schickte ihn zur Abklärung in die Uniklinik nach Würzburg. Weil es ihm inzwischen besser ging, wollte er eigentlich nicht ins Krankenhaus, sondern wieder zurück ins Trainingslager. Am nächsten Tag – im Krankenhaus – kamen dann die Schlaganfälle...

Als Alex wieder einigermaßen auf dem Damm war, begann der schwierigste Teil seiner Genesung. Nach der Reha war er wieder so hergestellt, dass er normal reden, normal laufen, normal leben konnte. Aber ein leistungsfähiger Sportler war er beileibe nicht. Alex kannte freilich meine Auffassung: ganz oder gar nicht. Er entschied sich wie immer für ganz. Und das hieß jeden Tag härteste Arbeit. Ob nun stundenlang auf einem unserer Pferde reiten, um den Gleichgewichtssinn wiederherzustellen und die Koordination zu schulen, ob Kraft- und Beweglichkeitsübungen – Feiertage, Wochenenden oder Urlaub waren gestrichen.
Ich wusste, Alexander Leipold würde das durchstehen. Denn viele Male zuvor hatte er jene Disziplin an den Tag gelegt, die zwingend notwendig ist, um wiederzukommen. Dabei stand ihm bisweilen sein Ehrgeiz im Weg. Es konnte Alex nie schnell genug gehen, wieder auf die Matte zurückzukehren. Ich musste ihn häufiger bremsen als ermuntern. Aber irgendwann war er so weit, dass er hundertprozentig auf mich hörte. Es kam auch schon mal vor, dass ich ihn sogar zwei, drei Wochen aus dem Wettkampfgeschehen nahm, ohne dass er verletzt war. Aber danach wurde Alexander Leipold immer noch stärker.

Ja, Alex ist ein Vorzeigesportler, ein Vorbild – und inzwischen auch zu einer Persönlichkeit gereift, wie es nicht sehr viele gibt. Und was ich ungemein an ihm schätze ist, dass er stets wissbegierig bleibt. Was er anpackt, will er zur Perfektion vorantreiben. Selbst als er bei diesem Tanzwettbewerb im Fernsehen (Let's Dance) antrat, trainierte er verbissen, um gut zu werden.

Stolz bin ich da schon ein wenig, dass ich einen kleinen Beitrag leisten konnte, um Alexander Leipold auf dem Weg an die sportliche Weltspitze zu verhelfen, ihn auch bei seinen schwersten Stunden – ob beim aberkannten Olympiagold oder bei seinen Schlaganfällen – begleiten und ein väterlicher Freund sein zu dürfen.
Ich wünsche Alexander Leipold auch weiterhin den Erfolg, den er verdient. Und das wäre dann eine ganze Menge.

Verletzungen können auch helfen

Es gibt in dieser verdammt langen Leidenszeit aber auch Momente, die ich nicht missen möchte. Da ist zum Beispiel Peter Behl. Er ist ein Spitzenringer aus dem Nachbarort Mömbris-Königshofen. Wir kennen uns schon lange, aber unser derzeitiges Schicksal schweißt uns erst richtig zusammen. Dieses gegenseitige Anstacheln, wenn nichts mehr zu gehen scheint, diese kleinen Wettbewerbe untereinander, dieses Mut machen – das hilft auch über die schwersten Tage hinweg.

Oder das Treffen mit Herbert Stenger, dem erfahrenen Bergrennen-Europameister, der nach einem schweren Autounfall seine Reha bei Werner Kraß durchzieht. Er fesselt mich mit seinen Erzählungen so, dass ich ihn mit der ganzen Familie Kraß nach seiner vollständigen Genesung bei einem Bergrennen in Ungarn besuche – und gleich zum Ersatzmechaniker an seinem Boliden gemacht werde. Den ganzen Tag schraube ich herum. Herbert gewinnt das Rennen – und mein Knie wird wieder dick. Verdammt, das bedeutet weitere und noch intensivere Reha. Nur wenige Wochen danach absolviere ich ein Geheimtraining – und mein Wunschtraum wird erhört, denn Werner Kraß sagt: »Du bist jetzt so weit.«

Ich freue mich über diese Worte wie ein kleines Kind. Endlich – endlich darf ich wieder zurück auf die Matte und auch zu

Wettkämpfen. Ich würde am liebsten meine Freude in die Welt hinausbrüllen. Darf ich aber nicht...
November 1990, es steht die Rückrunde zur deutschen Meisterschaft mit dem AC Bavaria Goldbach an. Mit mir rechnet keiner. Auch als ich beim Kampf gegen den VfK Schifferstadt in der Mannschaftsaufstellung auftauche, glaubt jeder noch, dass ich nur aus mannschaftstaktischen Gründen auf dem Zettel stehe, aber nie und nimmer ringen werde, schon gar nicht gegen Andreas Kubiak, den Weltklasseathleten, der in dieser Saison noch nicht verloren hat.
Nach dem Kampf, den ich in der ausverkauften Schifferstädter Wilfried-Dietrich-Halle für alle 3000 Zuschauer überraschend gewinne, wissen alle: Werner Kraß hat mich wieder hingekriegt. Ich bin stärker als je zuvor. Drei Monate später bin ich das erste Mal deutscher Meister bei den Männern, zwei weitere Monate danach werde ich nach meinem Europameistertitel der Junioren 1988 – jetzt das erste Mal Männer – Europameister vor ausverkaufter Halle in Stuttgart.

Deshalb also brauchte Werner Kraß an jenem 28. Juli 2003 nur zu sagen, ich solle sofort nach Hause fliegen. Ich packe meine Trainingsklamotten in Taschkent, lande in Frankfurt, lasse mich nach Aschaffenburg zum Neurologen und danach direkt zur Computertomografie fahren. Die kurzfristigen Termine hatte Werner bereits organisiert. Ich werde untersucht, die Bilder der Computertomografie werden ausgewertet und ich erhalte die Nachricht, dass ich einen leichten Schlaganfall erlitten habe. Mir doch wurscht. Mittlerweile geht es mir nämlich schon wieder besser, dieses lähmende Kribbeln hat spürbar nachgelassen, ich plane schon die Rückkehr ins Trainingslager. Ein, zwei Tage ohne Training will ich mir nicht leisten. Kann ich mir nicht

leisten. Ich will Weltmeister werden und mich damit für die fünften Olympischen Spiele in Athen qualifizieren.
Aber der Neurologe machte mir klar, dass auch mit einem leichten Schlaganfall nicht zu scherzen sei. Ich muss von Kopf bis Fuß untersucht werden, und das in der Uniklinik in Würzburg, in der es eine »Stroke Unit« gibt, eine spezielle Abteilung für Schlaganfallpatienten.
In der Uniklinik finden sie meinen Plan, direkt nach der Diagnostik, bei der man herausfinden wollte, weshalb ich den Schlagafall überhaupt erlitten hatte, wieder abzuhauen, ganz und gar nicht lustig. Ich werde vier Tage von Kopf bis Fuß untersucht – MRT, CT, EKG, Echokardiographie, Blutuntersuchungen, Angiographie, Nervenwasser aus dem Rückenmark punktiert, Doppler-Ultraschalluntersuchung und dazwischen im Keller immer etwas Radfahren, Bauchmuskelübungen und Liegestütz, um nicht einzurosten. Als ich diese Prozedur, die ich eigentlich für Unsinn halte, hinter mich gebracht habe, will ich meine Sachen packen und gehen. Die Ärzte raten ab, wollen noch ein Langzeit-EKG anschließen, um sicherzugehen, dass wieder alles in Ordnung ist. Also, na gut, noch eine Nacht. Aber dann bin ich weg. Entspannt liege ich also auf den weißen, sterilen Laken im Einzelzimmer der Klinik über dem Würzburger Tal und denke zurück an die Tage, Monate, Jahre, in denen es immer aufwärts ging...

Ich denke zurück an die ersten Gehversuche als Ringer, an die ersten Erlebnisse als junger Mann. Aber mir fällt nicht mal mehr der Name des Mädels ein, von dem ich meinen ersten Kuss bekommen habe. Allerdings war er gut – und überraschend. Mir war das Mädchen – ich war zarte 13 Jahre alt – bereits aufgefallen. Sie besuchte jedes Training in Goldbach. Sie

hatte ein so bezauberndes Lächeln. Nur glaubte ich, dass dieses Lächeln meinem älteren Trainingspartner gewidmet war. Auf den war ich, warum auch immer, sauer. Ich trainierte besser und härter, und plötzlich stand da das Mädchen neben mir, strahlte und sprach mich an. Mich, nicht den Älteren. Und noch am gleichen Abend bekam ich in der Umkleidekabine von ihr einen Kuss. Den ersten Kuss meines Lebens von einer jungen Frau. Wow, das fühlte sich an wie ein Schultersieg. Ich habe jede Menge Schultersiege in meinem Leben erkämpft, viele davon vergessen. So wie später auch den Namen des Mädchens aus Goldbach, aber dennoch: Der erste Kuss bleibt schon in Erinnerung. Zumal ich ja auch nicht so viele Freundinnen in meinem Leben hatte. Während die Jungs an den Abenden in den Kneipen oder in den Discos saßen und die Mädels anschmachteten, schwitzte ich im Trainingscamp und kämpfte mit meinen Trainingspartnern.
Habe ich etwas versäumt? Habe ich meine Jugend dem Sport »geopfert«? Ach was. Wenn ich manchmal von älteren Sportlern höre, dass sie für den Erfolg ihre Jugend oder ihre Freunde geopfert haben, kann ich das nicht begreifen. Es war MEIN Sport, mein Spaß – und logischerweise bestand mein Freundeskreis anfangs auch größtenteils aus Ringern und deren Umfeld. Dort fühlte und fühle ich mich wohl.

Was ich aber zurzeit nicht von mir behaupten kann. In der Stroke Unit, der speziellen Schlaganfallstation, werde ich jede Nacht alle zwei Stunden geweckt. Auf einmal kann ich der Schwester nicht mehr antworten. Ich soll die rechte Hand heben. Kann ich nicht. Ich soll das rechte Bein heben. Geht nicht.
Plötzlich herrscht hektisches Treiben um mich herum. Eine Krankenschwester der Intensivstation hat Verstärkung geholt,

ich werde an weitere Geräte angeschlossen. Ich kriege das alles mit, aber ich kann nur sehen, was sie mit mir machen. Ich kann aber nicht agieren, nicht reagieren. Ich habe Angst. Ich will jetzt nicht sterben. Ich bin noch jung. Und zu Hause warten meine Frau Juliana und mein Sohn Tim.

Meine Frau Juliana

Warum komme ich immer auf dieses Lied: »Du bist das Beste, das mir je passiert ist«? Ich glaube, weil diese Zeile genau das wiedergibt, was ich empfinde, wenn ich von Juliana spreche. Kennengelernt habe ich sie Mitte der Neunzigerjahre. Naja, was heißt kennengelernt? Gesehen habe ich sie mehr oder minder zwangsläufig, denn sie trainierte in meinem Verein Germania Dettingen. Sportakrobatin war sie, blond, groß, sportlich, ein richtiger Hingucker. Aber es dauerte seine Zeit und es bedurfte zudem der tatkräftigen Mithilfe meiner Arbeitskollegin Jeanette, bis sich da was anbahnte. Jeanette war mit Juliana befreundet und glaubte damals, mich aus einem seelischen Tief befreien zu müssen.

Schließlich war gerade eine ziemlich lange Beziehung zu Ende gegangen: Fünf Jahre war ich mit Elke zusammen, sogar verlobt waren wir. Es passte zwischen uns und es passte doch nicht. Elke, Reisebürokauffrau, belesen, kulturbeflissen, unternehmungslustig, versuchte, mir eine etwas andere Weltanschauung zu vermitteln. Das war gut, hilfreich und spannend. Ihr Versuch, sich vor meinen Sport zu stellen, scheiterte jedoch. Ringen hatte nicht nur ältere Rechte, Ringen war ich und ich war Ringen. Da gab es nichts zu trennen. Und so trennten wir uns – freundschaftlich, fair.

Bei Juliana gibt es die Überlegung, wie ich Sport und Gefühlsleben in Einklang bringen könnte, von Beginn an nicht. Sie ist Sportlerin, sie kennt meinen Ehrgeiz, sie unterstützt mich. Die anfänglichen Montagstreffen im Kino (Montagabend ist mein einziger trainingsfreier Abend nach einem ausgiebigen morgendlichen Krafttraining) sind uns bald zu wenig. Vier Monate später – im April 1997 – ziehen wir zusammen, zwei Jahre später, am 12. April 1999, heiraten wir. Alles ist wie in rosarote Wolken getaucht, als am 11. August 1999 unser Tim das Licht der Welt erblickt. Bei der Geburt bin ich natürlich dabei – es gibt nichts Schöneres. Das Glück ist vollkommen.

Nach Glück ist mir gerade gar nicht. Wir schreiben den 29. Juli 2003. Mir wird später mitgeteilt, dass mich die Schlaganfälle Numero zwei und drei getroffen hatten. Dass ich mächtig Dusel gehabt hatte, weil sie in der Uni geschehen sind und ich innerhalb eines relativ kleinen Zeitfensters von zwei Stunden behandelt werden konnte. Das rettete mir das Leben, denn das Zeitfenster von maximal drei Stunden ist ausschlaggebend. Schön. Aber nach Leben ist mir nicht zumute. Ich bin eine Hülle, ein Gebilde, ein Alptraum. Hat wohl jeder schon mal erlebt im Traum: Du willst wegrennen, aber es geht nicht. Du willst dich gegen alles wehren, aber du bist wie gelähmt. Aber das hier ist kein Traum, das hier ist Realität. Ein kraftstrotzender Ringer im besten Alter – nur noch ein Wrack.
Ich will nicht, dass mich Juliana so sieht. Ich will nicht, dass Tim seinen Papa hilflos erlebt. Ich spüre nicht mal, wie mir die Tränen aus den Augen schießen. Ich weiß nur, dass ich es nicht akzeptieren werde, auf die Hilfe anderer angewiesen zu sein.
Drei Tage und Nächte lang quälen mich die Gedanken, die Ängste, die Sorgen, der Trotz. Ich ertrage es kaum, wenn

sich Juliana an meinem Bett auf der Intensivstation über mich beugt und mir Mut zuspricht. Ich habe Angst. Angst um die Zukunft. Juliana hilft tatkräftig, meine Genesung voranzutreiben: Sie druckt die zahlreichen Emails mit besten Wünschen von Freunden und Fans aus, liest sie mir vor. Alle wollen mir Mut machen und mich zum Kämpfen motivieren. »Du warst immer ein Kämpfer, der nie aufgegeben hat, kämpfe jetzt deinen schwersten Kampf«. »Wir sind in Gedanken bei dir und unterstützen dich«. All diese Mutmacher haben mir geholfen. Das tut gut. Es sind sehr viele Mails. Ich habe verdammt viele Freunde und Mutmacher. Ich habe eine tolle Familie.
Juliana erzählte mir später wie schlimm es um mein Leben stand. Wie die Ärzte um mein Leben kämpften und dabei sagten: »Wenn jetzt noch ein Schlaganfall kommt, liegt es in Gottes Hand.« Ich habe das zum Glück nicht alles mitbekommen.
Auch noch am 11. August, als wir Tims vierten Geburtstag an meinem Krankenbett feiern. Feiern? Ja, Tim, mein kleiner Tim, schert sich nicht die Bohne um das Stück Körper, das mal mit ihm über Wiesen und Felder getollt ist. Tim feiert mit Juliana und mir seinen Feiertag, als wäre nie etwas geschehen.
Ich weiß nicht, ob das der Auslöser ist, ich weiß auch nicht, ob da plötzlich ein Schalter umgelegt wird, ich weiß nur, dass ich mit Tim wieder umher rennen werde. Ich weiß das. Ich werde darum kämpfen. Denn: Wer kämpft, kann verlieren, aber wer nicht kämpft, hat schon verloren.

Den Tag danach beginne ich mit kleinen Gehversuchen. Naja, Gehversuche kann man das nicht gerade nennen, wenn ich mehr oder minder bewegungslos im Bett liege und ein Physiotherapeut versucht, meine rechte Körperhälfte, von der ich nicht einmal weiß, ob sie noch bei mir ist, zu reizen. Ich spüre nichts.

Ich spüre nur die Angst, aus diesem Alptraum nicht mehr zu erwachen. Aber mich beseelt der Gedanke, selbstständig aus dem Bett zu steigen, aus dem Rollstuhl zu hüpfen, mich wieder selbst waschen oder duschen zu können – und meine Familie in den Arm nehmen zu können.

Die Ärzte und das Personal machen mir Mut: Die Chancen, wieder ohne Hilfe laufen und auch wieder sprechen zu können, stünden gar nicht so schlecht. Na also.

Dann muss ich zur Sprechstunde zu Dr. Müllges. Er wirkt ernst, als er mir während einer der zahlreichen Untersuchungen die Frage stellt: »Haben Sie während Ihrer Karriere jemals Substanzen zu sich genommen, die auf der Dopingliste stehen?« Er müsse das wissen, um die Ursache der Schlaganfälle ermitteln zu können.

Irgendwie bin ich für diese Frage auch dankbar. Denn bei der Antwort geht es nicht um eine verlorene Goldmedaille, Ruhm, Ehre, Geld, sondern um mein Leben. Zudem hätte ich – wenn ich mit »Ja« geantwortet hätte – nichts zu befürchten gehabt, denn Dr. Müllges unterliegt ja der ärztlichen Schweigepflicht. Deshalb, und jetzt mal für jeden nachvollziehbar, meine Antwort: »Nein, niemals!«

Die ersten kleinen Siege erziele ich, als ich mein rechtes Bein spüren kann. Fasziniert betrachte ich meine große rechte Zehe, die wirklich und wahrhaftig meinem Befehl Folge leistet, sich kurz zu krümmen und sich dann wieder aufzurichten. Es ist unbeschreiblich. Vielleicht zu vergleichen mit dem Gefühl, die ersten Schritte seinen Sohnes zu erleben.

Ok, wenn sich Zehen mit Willenskraft bewegen lassen, dann dürfte das doch mit den restlichen durch das Kortison aufgeschwemmten 82 Kilo auch funktionieren. Ich starte also wieder auf dem Weg zurück ins Leben.

Wieder? Ja, denn ich musste schon einmal den Weg zurück ins Leben beschreiten. Wenn ich nur daran denke, dann ist diese körperliche Ohnmacht durch meine Schlaganfälle beinahe leichter zu ertragen als das, was mir am 2. September 2000 widerfuhr.

***

Nein, meine Frau Juliana ist beileibe nicht das, was man im herkömmlichen Sinne »Spielerfrau« nennen könnte. Juliana ist nicht nur eine starke Persönlichkeit mit einer eigenen Vita, sie mag es auch nicht, in der Öffentlichkeit zu stehen. Aber sie gönnt mir Auftritte wie bei Let's Dance, Promi Dinner oder sonstigen Veranstaltungen, bei denen ich mitwirke – meist zugunsten der Schlaganfall-Hilfe. Sie mischt sich niemals ein, lässt mich wirken – aber sie steht mir immer dann zur Seite, wenn ich sie brauche. Und sie ist die beste Mutter, die ich mir für unsere beiden Kinder vorstellen kann.

Mein Mann, der Ringer

Von Juliana Leipold

Nach den Maßstäben mancher habe ich es geschafft. Die Bild-Zeitung hatte schon mal einen Beitrag über mich gebracht. Sie hatte eine Story aus meiner Aufregung bei einem Bundesliga-Kampf gemacht, als ich so mitfieberte, dass ich schließlich aus den Latschen kippte. Ringen kann ganz schön ans Herz gehen. Was Alexanders zeitraubende Passion für den Matten-Zweikampf angeht, so kann ich getrost sagen: Ich bin mittendrin statt nur dabei. Sport hat mich schon immer interessiert – sowohl als Aktive als auch als Zuschauerin, die sich an dem begeistert, was Athleten aus ihren Körpern und Köpfen herauszuholen verstehen. Meine Sportbegeisterung hat sich nicht nur einmal in meinen Beziehungen widergespiegelt. Die Ehe mit Alexander ist so gesehen eigentlich nur logisch, und auf dem Weg in den Hafen hatte ich zuvor auch schon mal bei einem anderen Ringer und bei einem Turner angelegt.

Dass ich mich im Sport auskannte, dass ich wusste, was es bedeutete, ihn nicht nur als Hobby und Männerabend im Vereinsheim zu betreiben, sondern Spitze sein zu wollen, das war gut für uns beide. Ich habe mich nie darüber beklagt, dass er viel weg ist und dass der Sport unsere Freizeit bestimmt. Es ging oft nicht anders, das gehörte dazu. Von Alex möglicherweise zu fordern, der Sport oder ich, wäre das logische Aus gewesen. Es

hätte ihn amputiert, ihn zu etwas ganz anderem gemacht, als er war und sein wollte. Und auch zu jemand anderem als den, den ich liebte. Wettkämpfe, Lehrgänge, Job, Training, Termine da und dort – wohl wahr, es blieb nicht so viel Zeit fürs Zusammensein. Aber das muss ja kein Nachteil sein. Das, was man hat, wird damit umso wertvoller und man gibt sich mehr Mühe, es intensiv zu nutzen und sich auf den anderen einzulassen.
Es ist bekanntermaßen kein Einzelfall, dass Beziehungskisten umso wackliger sind, je mehr man aufeinanderhängt. Natürlich will Zusammenleben auch gelernt sein. Das macht nicht immer Spaß, aber auch ein kräftiger Streit hat was für sich. Jeder hat seine eigenen Erfahrungen, jeder hat sein Leben und Dinge, die ihn geprägt haben. Ich stamme aus Montenegro, eine wunderschöne Landschaft im alten Jugoslawien, die aber – wie die ganze Gegend dort – in den vergangenen Jahrzehnten eine sehr wechselvolle Geschichte durchgemacht hat. Geboren bin ich in Deutschland, sozusagen bei einem Durchgangsaufenthalt meiner Mutter hier. Später kam sie dann endgültig hierher, heiratete und so wurde ich meinen Namen Rozic los und hieß Juliana Marx.
Nun sind wir schon so lange zusammen, haben zwei prächtige Söhne – das ist eigentlich die Liebeserklärung, die ich Alex machen kann.
Er war und ist der erste Mann, bei dem ich mir nie unsicher war, dass ich geliebt werde. Ich mit meiner Impulsivität, er mit seiner manchmal beängstigenden Ruhe und Zurückhaltung, die vieles nach innen gehen lässt – das reibt sich und das passt. Er hat gelernt, auch mal Dinge richtig eruptiv aus sich herauszulassen, ich – nun ja, vielleicht noch zu selten – auch mal zu schweigen und zu warten. Da sind Beständigkeit und Partnerschaft gewachsen und das ist schön. Alexander ist ein gerader,

einfacher, aber auch ein sehr emotionaler Mensch. Männer weinen nicht, so ein Quatsch. Als wir uns Sönke Wortmanns »Das Wunder von Bern« angesehen haben, da war er richtig angefasst und hat eine ganze Packung Tempos durchgeheult. Die Vater-Sohn-Geschichte, der Sensationssieg des Außenseiters, das waren Dinge, die er sehr gut nachvollziehen konnte. Ein Sportler eben, der weiß, was man in solchen Momenten durchmacht und fühlt.

Würde man Alex' Temperament außerhalb der Ringermatte als Diagramm darstellen wollen, dann gäbe es wahrscheinlich eine relativ gerade Linie. Es gibt da nicht so viele Ausreißer nach oben und unten. Obwohl er in seiner Familie schon ziemlich aus dem Rahmen fällt, hat er vermutlich doch noch einiges im Erbgut, was ihn zum relativ stillen Wasser macht. Bei der Geschichte in Sydney hat er sich die ganze Zeit sehr diplomatisch verhalten, für meine Begriffe viel zu sehr. Ich glaube, es hätte ihm geholfen, wenn er manchmal richtig aus der Haut gefahren wäre. Es muss einen doch regelrecht zerbersten lassen, wenn man gewaltsam alles unter der Decke hält – das muss doch raus, und wenn man es rausschreit oder wenigstens etwas zerdeppert. Das ändert zwar nichts, aber meist fühlt man sich danach besser. Das ist jedenfalls meine Erfahrung. Wenn ich heute an Sydney denke, dann ist das eine Erinnerung in zwei Teilen. Teil zwei hat eigentlich gar nichts mit der Olympiastadt zu tun. Die Spiele haben wir hier in unserem neuen Haus verfolgt. Alex und ich hatten vor seiner Abreise nach Australien noch in der alten Wohnung in Goldbach die Kisten gepackt, dann machte ein Umzugsservice den Rest – und Sohnemann Tim und ich übernahmen als Vorhut das neue Zuhause in Karlstein. Das Haus war schon mehr als halb fertig, ich dagegen war es ganz und gar, als ich am Fernseher saß und Alex siegen sah. Das Chaos darum

herum störte ganz und gar nicht – im Gegenteil, irgendwie hatte es einen goldenen Anstrich.
Ich war die Frau eines Olympiasiegers, wie fühlte sich das an? Nun ja, Aufmerksamkeit und Interesse schmeicheln immer. Aber es war nicht so, dass ich danach gierte. Ich bin zuallererst ich, und erst danach die Frau des Ausnahmesportlers. Ich freute mich für Alex, weil ich wusste, was er für diesen Erfolg alles gegeben und investiert hatte. Und ein bisschen freute ich mich auch für mich, denn geteilte Freude ist doppelte Freude und Alex hatte vorher mal halb ernst, halb scherzhaft gesagt, wenn er Olympiasieger wird, dann kaufen wir uns für 1000 Mark Klamotten. Das habe ich dann aber erst mal sein lassen. Und auch die Haarverlängerung, die ich mir leisten wollte, verschob ich erst einmal – es eilte ja nicht. Als ich Alex davon erzählte, meinte er nur: »Mach' ein bisschen langsam mit dem Geld«, und das wunderte mich ein wenig. Auch, dass er mir auftrug, ich sollte vor seiner Rückkehr keine Verträge unterschreiben, keine Presse- und Fernsehauftritte oder Autogrammstunden vereinbaren. Dabei war doch für einen Ringer, dessen Sportart sonst kaum mal von Interesse war, endlich die Chance gekommen, ein bisschen Geld zu verdienen. Ich verstand es nicht, dachte nur: Komm doch endlich nach Hause. Am 9. Oktober war mir dann klar, warum er so bremste. Schon zwei Tage zuvor hatte er am Telefon nebulös von guten und schlechten Zeiten gesprochen, gefragt, ob ich ihn auch lieben würde, wenn er nicht Olympiasieger wäre.
Das hatte mich argwöhnisch gemacht. Aber so schnell, wie der Argwohn gekommen war, hatte ich ihn auch wieder abgelegt. Olympiasieger war er ja, das hatte ich selbst im Fernsehen gesehen, das hatte in jeder Zeitung gestanden, das war eine Tatsache. Und nicht Olympiasieger sein, das ging doch nur in einem Dopingfall. Abgesehen davon, dass das bei Alex außerhalb jeder

Vorstellungskraft lag, hätte man doch längst davon gewusst, das wäre doch innerhalb von 24 Stunden rausgekommen. Dann aber kam er an jenem 9. Oktober auf die guten und schlechten Zeiten zurück, erzählte von dem positiven Test, von Nandrolon, von seiner Unschuld und Ratlosigkeit. Er klang bedrückt, aber auch irgendwie erleichtert. Er hatte sich gequält damit, mir nichts sagen zu dürfen. Und er hatte Angst vor meiner Reaktion. Er musste keine Angst haben, er musste nicht unsicher sein – und er hätte es sofort gewusst, wenn ich ihn nur in die Arme hätte nehmen und an mich drücken können. Aber er war so weit weg im fernen Australien und kam sich wahrscheinlich sehr allein vor. Für mich war das Ganze genau solch ein Albtraum wie für Alexander. Ich konnte lange Zeit nichts essen und nicht schlafen, ich war einfach fertig. Und ich habe mir immer gesagt, das stimmt nicht, es muss doch Hoffnung geben. Ich habe meine beste Freundin angerufen, der ich absolut vertrauen kann. Man muss doch mit irgendjemandem reden, sonst dreht man durch. Wir haben über alle möglichen Lösungen diskutiert und geheult wie die Schlosshunde.
Ich habe Alex' Weg zum Gold über fast vier Jahre miterlebt, mitbekommen, mit welcher Besessenheit, mit welcher Härte gegen sich selbst, mit welcher Konsequenz er für sein Ziel arbeitete. Als er nach Sydney geflogen ist, haben wir uns gesagt, eine Medaille, die wird für alles entschädigen. Und dann habe ich ihn kämpfen und jubeln sehen: Ja, es hatte sich gelohnt! Dann die Goldene wieder weggenommen zu bekommen, das muss ein grausames Gefühl sein. Das von den Funktionären aufgezwungene Versteckspiel war aus meiner Sicht entwürdigend – warum geht man so mit Sportlern um, deren Schuld erstens noch gar nicht erwiesen und zweitens höchst zweifelhaft ist? Das hatte was von abweisendem »Selbst Schuld«, von unbarmherziger

Rücksichtslosigkeit. Mehr als zwei Wochen war Alex Schweigen verordnet worden, dabei hatte jeder der Funktionäre im Grunde schon gewusst, dass die Medaille weg war.

Das, was da geschehen ist, hat Alexander lange nicht losgelassen. Es war präsent, auch noch als Monate, ja Jahre vergangen waren. Jeden Tag. Ausgesprochen und unausgesprochen. Zentimeterweise musste er sich wieder Boden unter den Füßen erarbeiten. Wie er das gemacht hat, das war großartig. Er war dabei kein strahlender Held, sondern ein gewöhnlicher Sterblicher mit Zweifeln und Ängsten, Siegen und Niederlagen. Geholfen hat, dass so viele hinter ihm standen. Die Medien feuerten zwar am Anfang aus allen Rohren, oft auch sehr undifferenziert. Aber die einfachen Leute, die hielten zu ihm – und das nicht nur als schweigende Mehrheit. Man sprach Alexander auf der Straße an, man schrieb Mails und Briefe an ihn, man druckte und trug T-Shirts mit seinem Konterfei und sagte ihm immer wieder: Für uns bleibst du der Olympiasieger. Keiner der Nachbarn hat unsere Wände beschmiert, seine Arbeitskollegen haben ihn großartig unterstützt. Alexander hat weiter trainiert und irgendwann wieder auf dem Siegerpodest gestanden. Er fing an, das Sydneytrauma zu verarbeiten.

Dann kamen die Schlaganfälle.

Warum wieder Alex? Warum wieder wir? Man fragt sich das unwillkürlich, so unsinnig diese Frage auch sein mag. Ich hatte einen Arbeitskollegen, dessen Tochter 14 Jahre im Wachkoma lag. Jeden Tag ist er zu ihr gefahren. Dann hat er mal drei Tage Urlaub genommen – zum Mut und Luft holen. In dieser Zeit ist die Tochter gestorben. Ein einziger Augenblick kann ein ganzes Leben verändern – daran musste ich denken, als ich Alex im Krankenhaus sah. Er war es, und er war es auch nicht. Ein Stück Mensch, vertraut und fremd zugleich, das in diesem Moment hilflos wirkte. Für viele Schlaganfallpatienten dauert eine solche Situation lebenslang, für Alexander dauerte sie in ihrer harten Phase nur drei Wochen.

Was waren das für Tage für mich! Sie legten sich bleiern schwer auf meine Schultern und lähmten. Als ich von Alex eine SMS bekam, »Liege auf der Intensiv, kann nicht mehr telefonieren«, fuhr ich sofort mit dem Auto in die Uniklinik nach Würzburg. Was ich in den Händen hielt, fiel mir immer wieder herunter. Ein Arzt sagte: »Wir tun alles erdenklich Mögliche«, und es klang, als wolle er mich auf den größten anzunehmenden Ernstfall vorbereiten. Dabei hatte ich doch wenige Stunden zuvor noch mit Alex telefoniert. Die Hinweise des Mediziners machten es mir nicht leichter: »Erschrecken Sie nicht, wenn Sie ihn sehen, seien Sie stark, weinen Sie nicht.« Ich ging rein zu ihm und dachte nur: Das ist doch nicht mein Mann. Er sah mich, wollte etwas sagen, aber es wurde nur ein Lallen. Minütlich ging es ihm schlechter. Es war, als führe er auf einer Achterbahn des Lebens – kurz rauf, und rasend schnell wieder runter. Kurzzeitig konnte er normal sprechen, dann kippte alles sofort wieder um und es ging gar nichts mehr. Ich fühlte mich wie in einem Strudel, der mich schier unaufhaltsam nach unten zog. Mein kleiner Tim war mein größter Halt. Er war mein Anker und mein Rettungsboot – und er wusste nichts davon.

Zu Hause nahm ich ihn in die Arme – gemeinsam waren wir stark. So stark, wie es eben ging.

Alex hatte Glück. Aber vor allem hatte er einen einzigartigen Ehrgeiz, sich nicht mit den Momentaufnahmen abzufinden, die seinen jeweiligen Zustand dokumentierten. Er wollte wieder der sein, der er vor den drei Schlaganfällen gewesen war. Nicht mehr und nicht weniger. Am zweiten oder dritten Tag nach der Krise begann er bereits mit einem selbst auferlegten Trainingsprogramm. Becken heben, linkes Bein strecken und heben, rechtes Bein strecken und heben. Er war mit Cortison behandelt worden, seine Arme waren aufgedunsen, das Medikament hatte acht Kilo Wasser gezogen. Das Schlimmste war die Ungewissheit – wie geht das alles weiter, was bleibt zurück, was kann man tun, was ist richtig, was ist falsch? Als Alex wieder nach Hause kam, war die erste Zeit hart. Ich habe die verrücktesten Szenarien geträumt. Bei jedem Geräusch schreckte ich auf, saß aufrecht im Bett. Was kann man dagegen tun? Ich sage mal: Einfach leben. Angst, heißt es, ist ein schlechter Ratgeber. Das ist leicht gesagt. Richtig aber ist bestimmt, dass man sich von Angst nicht beherrschen lassen darf. Und so was geht am besten, wenn man sich an den Händen fasst, einen Kreis bildet und diese verdammte Angst darin einsperrt und nicht mehr herauslässt.

Das haben wir ganz gut hingekriegt. Alex, ich und Tim in dieser Zeit und mit Neo ist inzwischen unser Glück vollkommen. Nicht nur, dass Alex wieder voll und ganz hergestellt ist, sondern dass er noch immer so fit ist, um seinen Kindern ein sportliches Vorbild zu sein. Ein menschliches Vorbild als Vater ist er ohnehin.

Sie nehmen mir die Goldmedaille

Ich weiß nicht so recht, wo ich beginnen soll. Bei all den Stunden, Tagen, Wochen, ja Monaten und Jahren, die ich im Trainingscamp verbracht habe, um das zu bekommen, was ich am 2. September 2000 in Sydney in Händen hielt und nie mehr loslassen wollte? Die olympische Goldmedaille.

Es ist einfach grandios, es ist ein Moment, der sich derart in den Körper, den Geist und in die Seele brennt, dass mich auch viele, viele Jahre später ein wohliger Schauer überkommt, wenn ich über diesen Augenblick des Glücks spreche. Nein, ich denke dabei nie daran, über die Entbehrungen zu klagen, die immer so medienwirksam ausgeschmückt werden. Von wegen Jugend versäumt wegen des Sports, von wegen Freizeit geopfert. Nö, dieses Gefühl war und ist frei von jedem negativen Fünkchen.

Ich glaube nicht, dass sich irgendjemand auf der Welt vorstellen kann, was geschieht, wenn einem dieses Gefühl einfach weggerissen wird. Ich kann das auch nicht mit den Schlaganfällen vergleichen, die durchaus lebensbedrohend waren. Aber die begannen wenigstens mit leichten Warnungen, mit ersten Anzeichen. Ich konnte etwas tun, einen Arzt konsultieren, ins Krankenhaus fahren, mich auf andere Menschen verlassen.

Was mir in Sydney zwei Tage nach meinem größten Erfolg genommen wurde, war so brutal, dass es auch heute, zig Jahre und Rehabilitierung später, schmerzt. Die Narbe wird wohl immer bleiben.

Vom gefeierten Olympiasieger zum geächteten Dopingverbrecher innerhalb weniger Stunden, das ist sicherlich ein Stoff, aus dem Romane entstehen können. Heute ist der Zorn auf die Menschen, die mir nicht glauben wollten und mich fallen ließen wie eine heiße Kartoffel, verraucht. Ich habe diese Eigenschaft nicht nachtragend zu sein. Ich wollte auf dieses traurige Kapitel verzichten, weil ich denen, die mir glaubten, nichts mehr erklären muss. Und diejenigen, die mich weiterhin der Manipulation bezichtigen, kann und muss ich nicht bekehren. Ich habe kürzlich mit einem Freund gesprochen, der mir vorschlug, die inzwischen durch Oliver Bierhoff, den Manager der Fußball-Nationalmannschaft berühmt gewordene Rede in diesem Buch auch auf mich umzumünzen, weil sie so exakt passt: »Du kannst die Medien belügen, du kannst deine Vorgesetzten belügen, du kannst selbst Freunde, Verwandte, deine Frau, ja selbst deine Kinder belügen. Aber wenn du in den Spiegel schaust, wirst du sehen, dass du dich selbst niemals belügen kannst.« Tolle Worte, um eine Mannschaft oder einen Sportler zum Kämpfen zu motivieren.

Nachdem aber diese und ähnliche beschwörende Sätze von Menschen in die Welt gesetzt wurden, denen später Dopingvergehen nachgewiesen wurden, gerate ich eben an den Punkt, schlicht und ergreifend zu sagen: »Glaubt mir oder glaubt mir nicht.«

Wichtig ist nur, wieder aufzustehen, nicht zu resignieren, zu kämpfen für sein Recht – oder für seine Gesundheit…

An jenem 30. September freilich dachte ich so beileibe nicht.

Ich habe alles erreicht, was ein Individualsportler erreichen kann. 21 Mal deutscher Meister, viermal Europameister, zweimal Weltmeister, jeder einzelne Sieg, jeder einzelne Titel birgt seine

Besonderheit. Wie auch jede Niederlage ihre Geschichte hat. Aber Olympiasieger zu sein, das ist etwas, was ich mir so sehr gewünscht habe, seit ich 1984 mit 15 Jahren die Olympischen Spiele in Los Angeles stundenlang am Fernsehen verfolgt habe, wie deutsche Ringer einige Medaillen gewonnen haben. Ich habe das eingesogen und geträumt.

Dass ich schon 1988 in Seoul als jüngster Ringer das erste Mal dieses einzigartige Sportfest mitmachen durfte – und Siebter wurde – war 1984 kaum vorstellbar und einfach ein geniales Erlebnis. In Barcelona 1992 ging gar nichts, ich wurde 13. Vier Jahre später, 1996 in Atlanta, verhinderte eine hauchdünne und umstrittene Niederlage gegen den Ringer aus Bulgarien eine bessere Platzierung als Rang fünf.

Es sind nun meine vierten Olympischen Spiele und – ich bin inzwischen 31 Jahre alt – sicherlich auch meine letzten. Ich will es endlich wissen. Nervös wie selten warte ich auf die Gruppenauslosung: In meinem Pool warten Konkurrenten auf mich, die ich unter normalen Umständen besiegen kann. Ich will diese Medaille. Deshalb habe ich auch in diesem Jahr die Europameisterschaft sausen lassen, um den ausgeklügelten Plan von Freund und Physio Werner Kraß sowie meinem Bundestrainer Wolfgang Nitschke einzuhalten. Ich hatte mir im Finale zur deutschen Mannschaftsmeisterschaft anfang Januar 2000 das Innenband am Knie angerissen und musste meine Ungeduld abbremsen. Doch jetzt, hier und heute in Sydney, bin ich in der Form meines Lebens. Trotz hartnäckiger Gegenwehr meiner starken Kontrahenten überstehe ich meinen Pool planmäßig und ohne Niederlage. Besonders hart zur Sache geht es gegen den russischen Ringer, der für Mazedonien startet und mehrfach Medaillen bei Euro- und Weltmeisterschaften gewonnen hatte. Nach dem Kampf habe ich eine angebrochene Nase und ein schönes Veilchen. Nach der engen Entscheidung legt der ehemalige Russe Protest ein – er will, dass der Kampf wiederholt wird. Der Protest wird abgelehnt und ich stehe im Halbfinale. Dort wartet Eui Jae Moon aus Südkorea. Den kenne ich. Gegen den habe ich schon einmal gerungen – und verloren. Aber es sind meine Spiele, da kann kommen, wer will. Ich brauche lange, ehe ich den wendigen Burschen überzeugen kann, dass mein Wille stärker ist als seine Kraft – auch wenn es anfangs in der Exhibition Hall gar nicht danach aussieht. Erst geht der pfeilschnelle Freistilringer mit 1:0 in Führung, verbissen kämpfen wir, der Junge ist wirklich clever. In der normalen Kampfzeit kann ich den Rückstand nicht umkehren, und da es noch keine 3 Punkte gibt, muss der Kampf in die Verlängerung. Kurz vor der Niederlage greife ich in die Trickkiste: Bei einer angeordneten Unterlage von Moon bewege ich mich zum Kopf. Um meiner gefürchteten Kopfklammer zu entgehen, springt der Koreaner an mein Bein – ich juble innerlich, weil ich genau darauf gewartet habe. Ich greife seinen Kopf, lasse mich zurückfallen und nehme den ganzen Koreaner mit. Der fliegt über mich, knallt auf die 12 mal 12 Meter große Matte – drei Punkte für diesen Kopfklammer-Überwurf. Schlusspfiff. Finale. 9000 Menschen springen auf und klatschen, mein Trainer Wolfgang Nitschke jubelt an mir herum – ich bin heilfroh, dass mein Adrenalin die Schmerzen noch daran hindert, meinen geschundenen Körper komplett einzunehmen. Aber Schmerzen sind jetzt uninteressant. Eigentlich war mein Traum von einer olympischen Medaille bereits erfüllt, aber jetzt stehe ich vor der Erfüllung meines größten geheimen Traums. Es gibt wieder einen Protest, diesmal der Koreaner, die nicht wahrhaben wollen, dass sie regelkonform verloren hatten. Das halten meine Nerven nicht mehr aus – aber auch hier bestätigt die FILA meinen Sieg.

Jetzt ist Pflegestufe eins angesagt. Ich bekomme von Mannschaftsarzt Dr. Frank Rauhut eine schmerzstillende Spritze in die angebrochene Rippe, lasse mich massieren, kann nicht schlafen – und freue mich auf meinen Tag, den 30. September 2000.
Brandon Slay heißt mein Widerpart, der international nicht so bekannt, aber ein Koloss ist und zuvor den Olympiasieger Saitiev besiegt hat. Ein aggressiver Athlet, ein Angreifer – also genau das, was ich mag. Aber Brandon Slay ist so nervös, dass er schon beim Angreifen Fehler macht, mehrfach verwarnt wird und einfach keine Mittel gegen mich findet. 4:0 gewinne ich – und später erzählen mir Freunde, was ich alles gemacht haben soll. Rückwärtssalto, einen Spurt über die Matte, munteres Geplapper in alle Mikrofone, die mir entgegengehalten werden. Ich habe wirklich keine Ahnung mehr, was ich tat. Ich weiß nur, dass dieses Glücksgefühl nie und nimmer in Worte zu fassen ist.
Ich bin Olympiasieger.
Das kann mir keiner mehr nehmen.
Was immer auch geschieht.
Der erste Abend und die Nacht gehen bis in die Morgenstunden und sind ein einziges Fest. Jeder will die Medaille anfassen, alle freuen sich mit mir, in Sydney müssen wir in keiner Bar, in keiner Kneipe, in keinem Restaurant Eintritt zahlen oder in der Schlange warten – die Goldmedaille ist die beste Eintrittskarte.
Am nächsten Abend gibt es eine gigantische Abschlussfeier. Ein Moment hat sich dabei in mein Gedächtnis eingebrannt. Ich liege auf dem Rasen des Olympiastadions, außen herum tanzen alle zu Kylie Minogue, die im Hintergrund singt, und ich schaue Richtung Harbour Bridge, genieße das Feuerwerk und bin einfach nur unendlich glücklich und zufrieden.

Sydney 2000

ASICS

ASICS

Der Schock

Danach wird weitergefeiert.
Es ist Glück pur. So darf es bleiben, so darf es immer bleiben.
Bleibt es aber nicht. Wir, meine Ringerkumpels und ich, sind in Sydney unterwegs, in ausgelassener Partystimmung, als mein Handy klingelt. Wohl einer der zahllosen Gratulanten oder ein Journalist, der unbedingt ein Exklusiv-Interview haben möchte. Es wird schon wieder hell und immer noch in Hochstimmung gehe ich ran. Es ist Bundestrainer Wolfgang Nitschke: »Alex, komm bitte sofort ins olympische Dorf«, sagt er. Nitschke klingt ernst und sagt es noch mal mit Nachdruck. Aber er sagt nicht, warum ich kommen soll. Das ist zwar verwunderlich und ich ärgere mich, dass ich aus der Partystimmung gerissen werde, aber ich setze mich in ein Taxi und lasse mich Richtung Dorf chauffieren. Weil der Taxifahrer wohl nicht den allerkürzesten Weg nimmt, wir zudem noch in einen Stau geraten, ruft Nitschke noch mal an. Jetzt verstehe ich gar nichts mehr.
Im Dorf gehe ich in unser NOK-Büro und sehe Wolfgang Nitschke zusammengekauert auf einem Stuhl sitzen. Irgendwie hat er verweinte Augen. Als er aufblickt und sagt: »Alex, es ist etwas Schlimmes passiert«, denke ich nur: Ach du Scheiße, da ist irgendwas mit der Familie von Wolfgang geschehen. Ein Unfall oder gar ein Todesfall. Und dann kommt der Satz: »Du bist positiv auf Doping getestet.«

Ich verstehe nicht. »Wie? Was? Was meinst du? Was soll der Mist? Doping? Quatsch!« Im Laufe des merkwürdigen Gesprächs gehen Nitschke und ich alles durch, was zu diesem Unsinn hätte führen können. Eigentlich nur die schmerzstillende Spritze, die mir Doc Rauhut verabreicht hat. Aber die war gemeldet, die war genehmigt. Irgendwie nervt mich das. Ich habe keinerlei Ahnung, was da jemand von mir will. Das klärt sich doch hoffentlich recht schnell auf. Muss es ja. Aber den Tag haben sie mir schon mal gründlich versaut.
Es kommt noch schlimmer. Ich hatte einen fünftägigen Trip nach Brisbane mit meinen Freunden geplant. Der war wohl jetzt passé. Ich will dabei sein, wenn sie meine B-Probe öffnen, damit sich dann ein paar Leute bei mir entschuldigen müssen.
»Ach, Alex, das wird sich ja wohl alles aufklären. Fahr ruhig mit«, gibt es als Anweisung über Wolfgang Nitschke von der NOK-Mannschaftsführung. Was mich etwas beruhigt, aber es wurde gleich hinzugefügt: »Sprich aber mit niemandem darüber, auch nicht mit deiner Familie.« Was soll das denn?
Na gut, es kann sich ja ohnehin nur um ein paar Stunden handeln, bis das Missverständnis aufgeklärt ist.
Ich bin Olympiasieger. Das kann mir keiner nehmen.
Was immer auch geschieht.
Doch, sie können mir den Sieg nehmen. Sie können mich vom Olymp stoßen. Sie haben mir gesagt, ich solle noch nicht nach Deutschland zurückfliegen, nachdem auch die B-Probe positiv sei, was mit der Spritze so nicht sein könne. Selbst Leute aus dem eigenen Lager schauen mich jetzt blöd an. In welchem Film bin ich gelandet?

Nandrolon im Urin, zehnmal mehr als das Erlaubte, der tausendste Teil einer Tablette. Das Zeug soll dem Kraftaufbau dienen (später bestätigte mir ein amerikanisches IOC-Labor, dass die Konzentration weit entfernt von einer leistungssteigernden Wirkung ist – was ich damals aber noch nicht wusste). Zum totlachen, wenn's nicht so ernst wäre. Was sollte ich mit Kraftaufbau vor einem olympischen Finale, wenn Schnelligkeit, Technik und Taktik gefragt sind? So sicher ich mir bin, dass sich die Geschichte aufklärt, so arg beschleicht mich das mulmige Gefühl, dass hier etwas nicht stimmt.

Ich weiß, wie ich reagieren muss, wenn ich auf der Ringermatte einem Athleten gegenüberstehe. Aber ich weiß nicht, was ich tun soll, um irgendwelchen Leuten zu erklären, dass ich nie und nimmer gedopt habe.

Nein, ich habe keine unsauberen Nahrungsergänzungsmittel zu mir genommen, nein, ich habe auch aus keiner fremden Wasserflasche getrunken. Ich habe mich an alle Vorgaben gehalten, ich habe lediglich gerungen – und gewonnen.

Das interessiert in dem Moment aber niemanden.

Ich will nach Hause. Zu meiner Familie. Zu den Menschen, die mir glauben, die nicht zweifeln, die wissen, was für ein Mensch ich bin.

Die nächsten Tage sind brutal.

Das Spießrutenlaufen beginnt.

Ich bin es von Kindesbeinen an gewöhnt zu kämpfen. Im sportlichen Wettkampf. Als kleiner Knirps hatte ich auch keine Furcht vor größeren Jungs. Aber wie soll ich mich wehren gegen Menschen, die öffentlich behaupten, ich sei ein Betrüger? Wie komme ich gegen Medienvertreter an, die – ohne mich jemals gesehen zu haben – über mich urteilen, als sei ich ein Verbrecher? Was kann ich tun gegen Funktionäre, die mich beschimpfen als Totengräber des Sports?

Ich werde kämpfen. Ich werde jedem beweisen, dass ich diese Goldmedaille verdient gewonnen habe. Mit fairen Mitteln.

Ich fliege heim. Spreche mit meiner Familie, erzähle alles. Natürlich glauben sie mir – und helfen. Mit meiner Frau Juliana und mit meinen Geschwistern fahre ich zu Dr. Eisenlauer, dem Anti-Doping Beauftragten des DRB, um nochmals eine Urinprobe abzugeben. Mit dabei auch der Bürgermeister der Gemeinde, um den ordnungsgemäßen Ablauf zu beurkunden. Irgendwas muss ich ja tun. Meine Schwester Daniela und mein Bruder Jürgen fahren die Probe zum IOS-Labor nach Köln. Die müssen doch rausfinden können, was los ist.
Ich habe alles versucht, meine Unschuld zu beweisen. Schon in Sydney hatte ich sofort angeboten, eine weitere Probe abzugeben. Die wollte nur keiner. Ich stehe vor unbesiegbaren Gegnern, wie mir scheint. Warum?

Der Paragraphen-Dschungel

Dummerweise kenne ich mich zwar mit Überwürfen und Durchdrehern aus, nicht aber mit Paragraphen und Formalien. Also bitte ich Rechtsanwalt Axel Ulmer und Rainer Walter, der Rechtsbeistand des VfK Schifferstadt, mir zu meinem Recht zu verhelfen. Ich muss und werde alles tun, um meine Unschuld zu beweisen.
Anstatt meinen Erfolg auszukosten, mögliche Werbeverträge zu unterschreiben oder Siegerinterviews zu geben, sitze ich mit meinem Rechtsanwalt im Büro und erzähle auch ihm, was für ein ungeheuerlicher Vorwurf im Raume steht und mir den verdienten Lohn meines jahrelangen Trainings streitig macht.
Es ist schon merkwürdig: Ich weiß, dass ich nichts Verbotenes getan habe, und dennoch klopft mir das Herz bis unter den Hals und verursacht Schluckbeschwerden, als wir nach Lausanne aufbrechen, um vor der Medizinischen Kommission des Internationalen Olympischen Komitees »verhört« zu werden. Natürlich sage ich dort wahrheitsgemäß, dass ich nicht weiß, wie dieses Nandrolon in meinen Körper gelangt ist. Eigentlich überflüssig, sagt einem doch der gesunde Menschenverstand schon, dass solche Sätze völliger Quatsch sind. Denn irgendwie muss ich das Zeug ja aufgenommen haben, sonst hätte man es nicht gefunden. Also sage ich auch, dass ich nicht bewusst verbotene Substanzen zu mir genommen habe. Später erklärt und bestätigt der Dopingjäger Prof. Franke, dass diese Konzentrati-

on von Nandrolon der Körper unter Stresssituationen auch selbst produzieren kann.
16. Oktober 2000. Noch glaube und hoffe ich, dass mich die Mediziner entlasten – und ich rasch aus diesem Alptraum erwache.
Nur einen Tag später weiß ich, dass der Alptraum hartnäckig ist und nicht daran denkt, aufzuhören: Die Richter des Deutschen Ringer-Bundes (DRB) sperren mich mit sofortiger Wirkung. Ich darf nicht mehr kämpfen. Mich sperren genau die Leute, die noch vor Wochen meinen Sieg zu dem ihrem gemacht haben, mich hochleben ließen und glaubten, einen Teil der Medaille selbst verdient zu haben, weil sie den Ringkampfsport organisieren. Jetzt lassen sie mich fallen.
Gut, ich will nicht ungerecht sein, das sind andere schon zur Genüge. Es sind auch einige Funktionäre dabei, die mich lange kennen und mir zu hundert Prozent glauben, davon überzeugt sind, dass ich kein Sportverbrecher bin. Die sagen, dass sie sich den Regeln beugen müssen, dass diese Sperren vorgeschrieben sind nach einem positiven Befund.
Nein, so geht das dennoch nicht. Ich will nicht gesperrt werden. Ich bin unschuldig. Kriegt das denn keiner von den Leuten in seinen Kopf? Ich will das hinausschreien in die Welt. Damit ich auch gehört werde, lade ich zu einer Pressekonferenz ein. Ich werde mit allen medizinischen und juristischen Mitteln um mein Olympia-Gold kämpfen.
Journalisten notieren eifrig meine Worte, doch am nächsten Tag gibt es nicht sehr viele Medien, die das schreiben, was ich sagte. »Leipold streitet ab...«, das klingt doch so, als würde ich lügen. An diesen Tagen kann es mir natürlich keiner recht machen. Es gibt nur ganz, ganz wenige Medienvertreter, die mir wahrhaftig glauben. Die nicht allein die Fakten aufzählen, die gegen mich

sprechen, sondern das Gesamtpaket bewerten – und gründlich recherchieren.
Es gibt aber zu meinem Unglück mehr Menschen, die nicht sorgfältig recherchieren. Dummerweise sind das Leute in Positionen, die über mein Schicksal entscheiden.
Am 23. Oktober 2000 fällen Mitglieder des Exekutivkomitees des IOC das Urteil: Sie erkennen mir wegen Dopings die Goldmedaille ab. Zugleich werde ich nachträglich von den Olympischen Spielen in Sydney ausgeschlossen. Die Goldmedaille, meine Goldmedaille, erhält mein Gegner Brandon Slay. Neuer Silbermedaillen-Gewinner ist der Südkoreaner Eui Jae Moon, Bronze geht an Adem Berket (Türkei).
Das kann doch gar nicht sein. Weshalb glaubt mir niemand? Was machen die denn? Mein Einspruch wird sofort abgeschmettert. Am 3. November bestätigt der Ringer-Weltverband (FILA) offiziell die Sperre. Ab dem 30. September, meinem größten Sieg, bin ich für zwei Jahre für jeden nationalen und internationalen Wettkampf gesperrt.
Ich erhalte das Urteil schwarz auf weiß, kann es lesen, aber nicht verstehen.
Ich kämpfe, kündige Rechtsmittel gegen die Medaillenaberkennung und die Sperre an, reiche am 10. November eine Klageschrift beim Internationalen Sportgerichtshof (CAS) in Lausanne ein. Und warte.
An jedem Tag des Wartens auf meine Rehabilitierung werde ich zorniger – ein Wesenszug, den ich an mir nicht kenne. Meine Familie bekommt das zu spüren, ich bin unausstehlich. Ich lese keine Zeitung mehr, weil so unglaubliche Dinge über mich geschrieben werden. Es gibt plötzlich nicht mehr so viele Freunde. Besonders Klaus Sparn bleibt mir da als einziger Freund außerhalb der Ringerszene im Gedächtnis.

Mein Leben gerät aus den Fugen.
Weil sich partout nichts tut, beantrage ich am 18. Januar 2001, mehr als ein Vierteljahr nach meinem Olympiasieg, eine Einstweilige Verfügung beim Rechtsausschuss I des DRB. Die können mir doch mein Leben nicht nehmen. Ringen ist mein Leben. Mit einer zweijährigen Wettkampfsperre will und kann ich nicht leben.
Immerhin: In Deutschland glauben sie mir: Am 25. Januar wird die nationale Sperre vom DRB-Rechtsausschuss aufgehoben. Hier darf ich ringen. International jedoch bin ich weiterhin gesperrt.
Drei Tage später ringe ich endlich wieder. Nicht besonders gut, aber ich kann mal an was anderes denken. Im Viertelfinal-Hinkampf um die deutsche Mannschafts-Meisterschaft gegen den KSV Witten gewinne ich mit dem VfK Schifferstadt gegen den international erfolgreichen Ungarn Árpád Ritter mit 4:2.
Am 31. Januar erneut ein herber Rückschlag. Wir hatten inzwischen ermitteln können, dass bei der Abgabe meiner Urinprobe in Sydney einiges nicht gestimmt hatte. Das IOC aber dementiert Unregelmäßigkeiten. Wie geht das denn? In meiner B-Probe war plötzlich mehr Urin gefunden worden als auf dem Abgabeprotokoll dokumentiert war. Da ist doch manipuliert worden. Das müssen die doch auch sehen?
Müssen sie nicht. Der Rechtsausschuss II des DRB sperrt mich nach IOC-Druck per Einstweiliger Anordnung.
Nicht mit mir. Zwei Tage später stehe ich bei den deutschen Mannschafts-Meisterschaften auf der Matte und bezwinge mit einer Portion Wut im Bauch den Griechen Felix Polianidis mit 8:2.
Das stört den Weltverband. Die Funktionäre dort wollen keine Athleten, die sich gegen Ungerechtigkeiten wehren. Und weil

sie weder mich noch meinen Verein VfK Schifferstadt brechen können, sperren sie alle deutschen Athleten auf internationaler Ebene.

Einmalig in der Geschichte des Sports. Sippenhaft. Ich kann Ringer verstehen, die sauer auf mich sind. Aber soll ich einfach klein beigeben? Verdammt, ich bin unschuldig und werde das beweisen.

Die Verhandlung vor dem CAS, dem Sportgerichtshof, wird vertagt. Der Weltverband knickt ein, womöglich sind da einige Mitglieder doch nicht so stur. Die deutschen Ringer dürfen bei den Europameisterschaften in beiden Stilarten mit einer Ausnahmegenehmigung der FILA starten. Immerhin etwas.

Aber keine Bange, wenn sich die Mächtigen dieser Welt – das gilt natürlich auch für den Sport – einmal eingeschossen haben, geben sie so schnell nicht nach. Am 21. Mai 2001 eskaliert der Streit zwischen den Verbänden. Der Weltverband entzieht Deutschland die Weltmeisterschaften 2003 in Leipzig.

Das alles angeblich wegen mir? Das sind Keulenschläge. Wie kann es sein, dass einer, der um seine Ehre und seine redlich erworbene Goldmedaille kämpft, so unter Druck gesetzt werden kann und ein ganzer Verband darunter leiden muss? Wie kann es sein, dass unbeteiligte Sportler dafür büßen müssen? Will man mich in die Knie zwingen?

Ich bin mir jetzt sicher: ja, sie wollen. Am 30. Mai 2001 weist der Internationale Sportgerichtshof (CAS) meinen Einspruch gegen die Zusammensetzung des unabhängigen Schiedsgerichts ab und bestätigt den 3. Juli als nächsten Verhandlungstermin.

Am 3. Juli werden Argumente ausgetauscht. Und Beweise, genügend, wie ich finde, um mir meine Goldmedaille zurückzugeben. Der CAS vertagt nach achtstündiger, sachlicher Verhandlung die Urteilsverkündung auf den 18. Juli.

18. Juli 2001: Das CAS-Urteil wird bekannt: Mein Einspruch gegen die Aberkennung der olympischen Goldmedaille wird zurückgewiesen, meine Sperre jedoch auf ein Jahr reduziert. Reizend... Es gibt inzwischen so viele Beweise für meine Unschuld. Selbst Doping-Fahnder Professor Werner Franke, dem man ja alles nachsagen kann, nur nicht, dass er im Zweifel einen Doping-Verdächtigen für unschuldig hält, plädiert offen für mich. »Wenn man aufgrund von Nandrolon Metaboliden wegen Dopings gesperrt wird, ist das so, wie wenn man eine rothaarige Frau als Hexe verurteilt, ohne jede wissenschaftliche Grundlage«, erklärt der Heidelberger Molekularbiologe und sagt als Zeuge vor der CAS für mich aus. Für ihn bin ich kein Doping-Betrüger, sondern ein Doping-Opfer. Sogar ein amerikanisches (!) IOC-Labor bestätigt, dass die Konzentration der Werte in meinem Körper keine Leistungssteigerung bewirken kann.
Aber zugeben will das keiner. Die Reduzierung meiner Sperre ist Quatsch, weil ich schon jetzt das Jahr so gut wie abgesessen habe. Die Gerichts- und Prozesskosten muss ich auch nicht bezahlen. Weshalb um alles in der Welt also werde ich nicht rehabilitiert? Warum bekomme ich meine Goldmedaille nicht zurück? Wieso dürfen Leute immer noch behaupten, dass ich wohl irgendwas genommen haben muss, um überhaupt Olympiasieger zu werden?
Es reicht, ich kann's nicht ändern. Eingraben kann ich mich nicht. Muss ich auch nicht. Ich kann ohne schlechtes Gewissen durch die Stadt gehen. Und auf die Ringermatte.

***

adidas
adidas
adidas
POSTUROMED

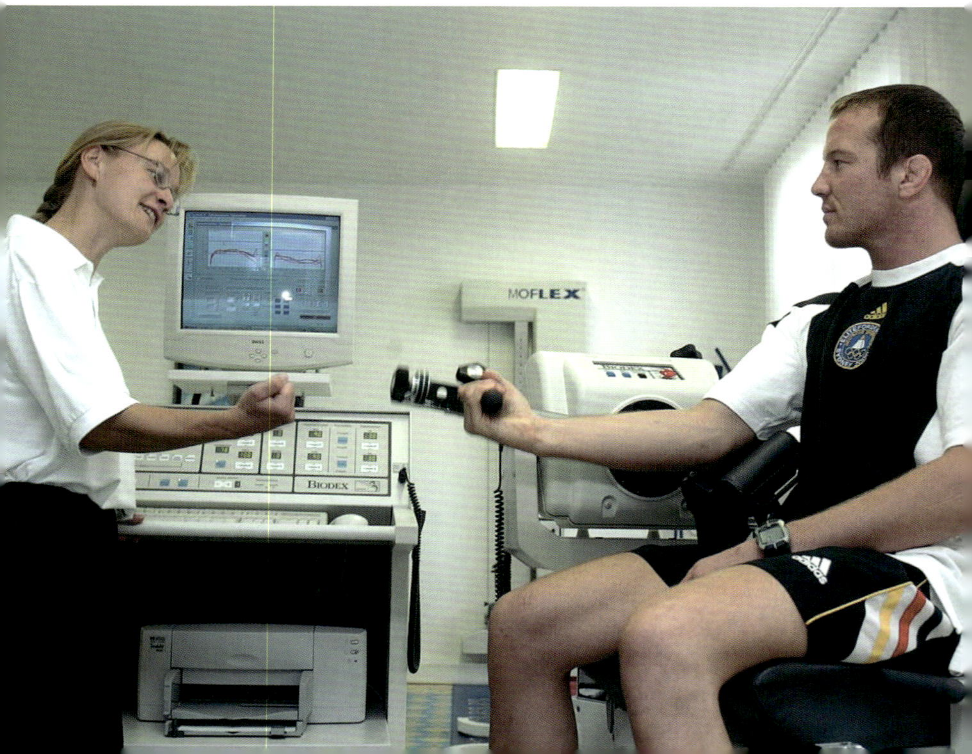
MOFLEX
BIODEX

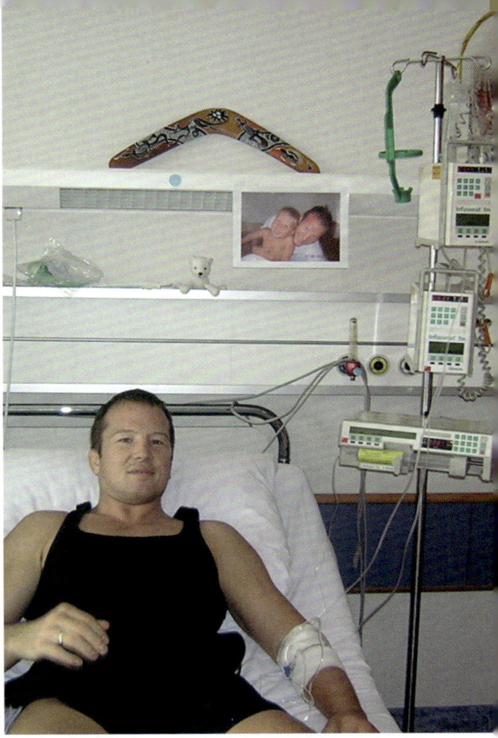

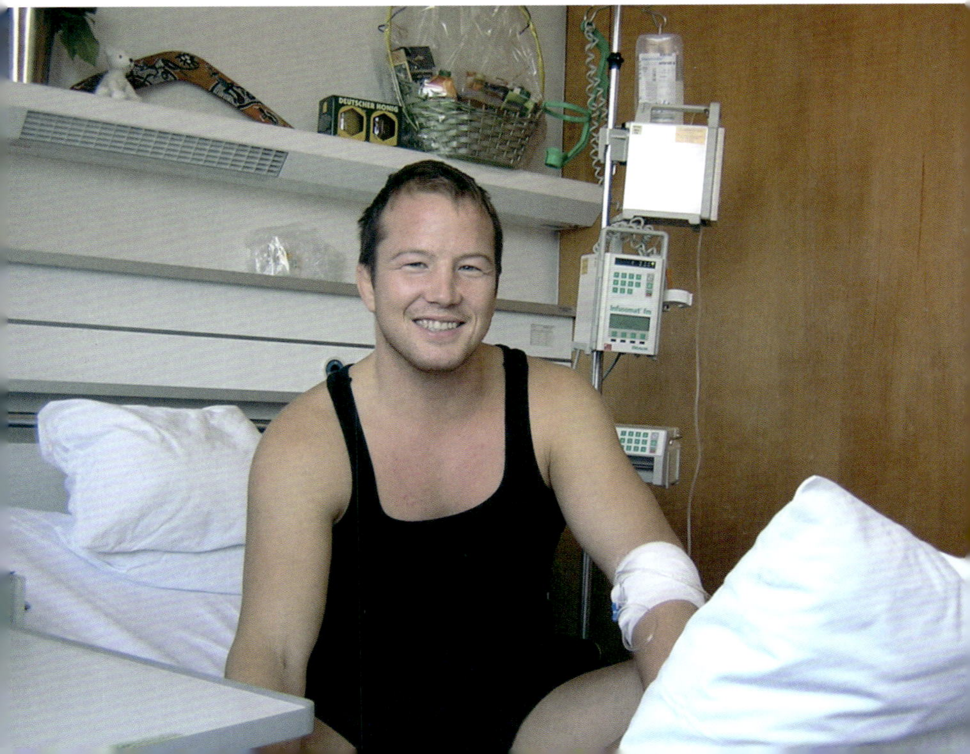
DEUTSCHER HONIG

AQUAMAT
Aquamat Deutschland GmbH
adidas

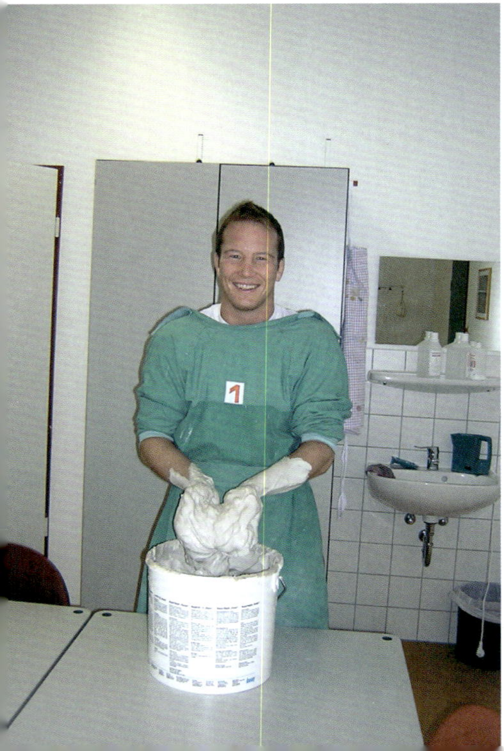
1

Frapor

Der Mutmacher

Alexander Leipold, Patient und Motivator

Von Gunter Hölig, Therapieleiter Medical Park Bad Rodach

Nein, Alexander Leipold war sicherlich kein normaler Patient. Damit meine ich nicht seinen Prominentenstatus. Immerhin war er ja Weltmeister. Ein verhältnismäßig junger Weltmeister wird ja nicht alle Tage eingeliefert, aber die Art und Weise, wie Alexander Leipold diesen lebenseinschneidenden Vorfall meisterte und dabei vielen Patienten half, war schon bewundernswert...

Wer zu uns in den Medical Park kommt, der benötigt nicht nur medizinische Hilfe. Unsere Schlaganfallpatienten müssen neben ihren körperlichen Problemen vor allem die seelischen Ängste besiegen – und das gelingt nicht immer.

Bei Alexander funktionierte dies nicht nur, er half sogar tatkräftig mit, anderen Patienten neuen Lebensmut zu geben.

Nun, anfangs war ich zutiefst erschrocken. Da wird ein Topsportler eingeliefert, der mit einem in voller Blüte stehenden Weltmeister nichts mehr gemein hat.

Er konnte sich nur schwer artikulieren. Seine Sprache klang verwaschen und unsicher, mit seinem linken Oberarm, dem linken Unterarm und dem linken Handballen konnte er nur äußerst eingeschränkt agieren, Koordinationsstörungen mit der rechten Hand beeinträchtigten seine Schreibfähigkeit, für alltägli-

che Handgriffe benötigte er die dreifache Zeit – wenn sie denn überhaupt klappten.
Kraft, ja Kraft hatte Alexander Leipold noch reichlich. Nur konnte er sie nicht einsetzen. Koordination war für ihn anfangs ein Fremdwort.
Ich sah dem jungen Mann an, dass diese Situation unerträglich für ihn war. Abfinden mit diesem Handicap konnte und wollte sich Alexander Leipold nicht. Schon nach ein, zwei Tagen Medical Park erwachte sein Kampfgeist – und für unser Team begann ein Programm, das wir wahrlich nicht alle Tage durchführen...
Sehr angenehm war Alexander Leipold auch als ein hochmotivierter und mitdenkender Patient. Er musste zu zusätzlichen Einheiten in der Freizeit nicht erst motiviert werden, sondern benötigte sogar manchmal einen Hinweis auf die notwendigen Pausen. Mit den üblichen Kraftübungen war Alexander Leipold kaum zu fordern, aber mit speziellen funktionellen Übungen, deren Komplexität sich jeweils steigerte, war er zu begeistern. Bei der Massage wiederum waren kräftige Hände gefragt, um die Muskelpakete und deren Faszien entsprechend zu »bearbeiten«.
Die therapeutischen Fortschritte waren nahezu zwangsläufig, sodass es eine sehr dankbare Aufgabe war, mit Alexander Leipold arbeiten zu dürfen. Durch seine unkomplizierte Art gab es viel Anlass zum Lachen – und das bei einer Erkrankung, die in Deutschland jährlich viele Opfer fordert und deren Verlauf längst nicht bei allen Patienten so positiv ist!
Anfänglich bevorzugte er Einzelbehandlungen, nach einigen Tagen bat er aber auch um zusätzliche Anwendungen in der Gruppe. Ja, und dort wechselte Alexander Leipold häufig seine Rolle vom Patienten zum Therapeuten. Er war es, der durch seine Ausstrahlung, seinen Optimismus, seinen Willen, andere

Reha-Patienten mitriss. Und dies nicht nur in den Stunden des Trainings. Er kümmerte sich auch um Sorgen und Probleme der anderen, hörte zu, motivierte, gab neuen Lebensmut denen, die sich schon aufgegeben hatten.
Es war für jeden Arzt oder Therapeuten eine Freude, einen solchen Patienten behandeln zu dürfen – allerdings aber auch eine enorme Herausforderung. Nicht weniger als 100 Anwendungen in knapp drei Wochen mit immer steigender Intensität brachte auch das Personal an den Rand seiner Kräfte.
Aber es lohnte sich. Ich selbst vergesse nie, wie er an einem Abend in der Lounge auf seinem Notebook Filme von seinen wichtigsten Kämpfen zeigte und dabei vom starken Zusammenhalt unter den Sportlern erzählte. Ganz am Anfang, nach seinen ersten gesundheitlichen Erfolgen, glaubte ich, dass seine Lockerheit, seine Souveränität ein wenig gespielt war. Aber je länger wir zusammenarbeiteten, je klarer wurde die Erkenntnis: »Alex ist so, wie er sich gibt. Alex ist cool.«
Eines ist gewiss: Er kann mit Fug und Recht als Vorbild für viele Patienten angesehen werden, da er keine Therapie verpasste, sich auch auf alle therapeutischen Herausforderungen einließ und sogar noch motivierende Worte für andere Patienten fand. Einige erlebten ihn dadurch vielleicht auch als anstrengend, denn er sagte auch deutlich, dass jeder mitkämpfen und sich selbst motivieren muss, um die Arbeit der Klinikmitarbeiter im eigenen Interesse zum Erfolg zu führen. Aber er hatte auch immer einen Spaß parat und konnte mit diesem Rollencocktail Sympathiepunkte sammeln.
Ja, und einer wie Alexander Leipold vergisst auch nie: Nach seinem erfolgreichen Reha-Aufenthalt und seiner vollständigen Genesung nahm sich Alexander Leipold des Themas Schlaganfall in der Stiftungsarbeit und als unser »Klinikpate« an. Und

dass er da einiges bewegen kann, zeigte er ja bereits bei verschiedensten Anlässen in den Medien. Als Prominenter startete er 2007 den seither jährlich stattfindenden Medical Park-Marathon. Grenzenlos im Rodachtal und völlig unvorbereitet berichtete er einmal einer Therapiegruppe, die zu einem Gangtraining unterwegs war, aus dem Stegreif von seinen Erfolgen als Sportler, seiner Situation als Patient und seinem Glück als Familienvater. Das war echt – echt Alex!

Und auch heute noch, nach mehr als zehn Jahren, hält er zu uns den Kontakt! Er schickt Fotopostkarten von den Olympischen Spielen in London! Wir sehen ihn im Fernsehen – mal beim Tanzen, mal beim Kochen, mal in einer Talk-Show. Alexander Leipold ist präsent und sagt unseren Patienten damit: »Sieger ist man nicht nur auf Platz 1.«

Die Rückkehr

Ganz andere Sätze als die, die ich nach meiner Sperre höre, höre ich, als ich auf die Matte zurückkehre. Da gibt es schon einige Sprüche, die weit unterhalb der Gürtellinie sind. Aber ganz ehrlich: Die spornen mich nur an. Ich gewinne für mein Team, den VfK Schifferstadt, sofort den ersten Kampf, merke aber selbst, dass mich das Vergangene weitaus mehr Substanz gekostet hat als ich dachte. Ich hatte zwar auch während der Sperre trainiert und niemals ans Aufgeben gedacht, doch die ganz große Freude, die ich beim Sport spüren und fühlen muss, kommt in der Zeit nicht auf. Dennoch – die Leute in Schifferstadt sind absolute Spitze, sie sehen in mir nicht nur den Punktelieferanten und Sieggaranten, sie sehen mich als Mensch.
Ich bin keinesfalls der Fremde, der von einem anderen Verein eingekauft wurde, um eine zeitlang Geld zu verdienen, aber keine Bindung hat.
Dabei war es sehr schwer für mich, den Verein zu verlassen, in dem ich groß und erfolgreich geworden bin: Dem AC Bavaria Goldbach.

Der AC Bavaria Goldbach

Rückblick: Bei meinem Heimatverein in Goldbach geht es gerade auch drunter und drüber: Die goldenen Zeiten sind vorbei, in denen wir zwölfmal in Folge im Finale um die deutsche Meisterschaft gestanden waren. Als wir sechs-, siebentausend Fans anlockten, die sich für uns die Seele aus dem Leib brüllten. Das war was. Ich erinnere mich noch an die Anfangszeit, als wir mit einer ganz jungen Truppe den Etablierten der Bundesliga das Fürchten lehrten. Die Goldbacher Schulturnhalle wurde durch uns junge Hüpfer zu einer Festung. Ob Rainer Heugabel, Markus Rill, mein langjähriger Freund und Zimmerpartner bei der Nationalmannschaft Jürgen Scheibe, ob Rifat oder Fuat Yildiz, ob Armin Rachor oder Ahmet Cakici, ob Ralf Fleckenstein oder Gerhard Himmel, ob Michel Fuchs oder Tibor Seregelyi. Wir hatten nicht nur Ringer aus dem Umfeld des Untermains rund um Aschaffenburg in einer Staffel zusammengefügt, wir waren auch eine verschworene Gemeinschaft. In dieser Zeit, als ich jedes Jahr deutscher Freistilmeister wurde, erhielt ich viele Angebote von anderen Klubs. Und da ging es nicht um ein warmes Mittagessen und einen kostenlosen Kinobesuch. Da ging es um Summen, bei denen ich als junger Mensch schwach werden konnte. Aber die Versuchung war nur von kurzer Dauer. Hier hatte ich meinen Job bei der Firma Linde, hier hatte ich meine Freunde, hier hatte ich meinen Erfolg, das nennt man wohl Heimat.

Ich glaube, die Tatsache, dass ich in dieser Zeit beim AC Bavaria Goldbach blieb und nicht den Verlockungen des Geldes erlag, zahlte sich später aus: Die allermeisten Menschen in meinem Umfeld unterstützten mich in meinem Kampf gegen die olympische Ungerechtigkeit.

Ja, der AC Bavaria Goldbach. Auch wenn ich vorher und nachher für andere Vereine rang, wird der AC eigentlich immer meine Heimat bleiben. Und Trainer wie Gerhard Weisenberger immer Wegbereiter zum Erfolg.

Ich könnte ein ganzes Buch schreiben von den tollen Erlebnissen mit diesem Klub, seinen Sportlern, seinen Funktionären wie Toni Kunkel, Hans Rill oder Jens Walther sowie Sponsoren, die zu Freunden wurden wie Paul Weiß, Helmut Gossmann, Klaus Bieber, Josef Graf, um nur einige zu nennen. Vielleicht mache ich das auch mal.

Jetzt aber ist es erst einmal schlecht um meinen Verein bestellt. In den Glanzzeiten hat der Klub nicht nur viel Geld eingenommen, er hat auch jede Menge ausgegeben. Weil immer mehr Klubs den AC in der Ringer-Hierarchie der Republik ablösen wollen und dementsprechend investieren, zieht Goldbach nach – und übernimmt sich. Jetzt steht der Verein vor dem Ruin. Für uns Sportler unfassbar – doch selbst wenn wir alle umsonst ringen würden – der Verein ist pleite und muss sich aus der Bundesliga zurückziehen. Das tut weh, vor allem, weil es natürlich auch keinen Verein gibt, der es sich erlauben kann, unsere komplette Staffel zu übernehmen. Auch wenn wir längst keine Vollprofis sind und nicht annähernd so viel fürs Ringen bekommen wie Fußballer, Handballer oder Basketballer für ihren Sport, so sind wir eigentlich alle mindestens deutsche Einzelmeister, Europameister, Weltmeister oder alles zusammen.

Nun, über fehlende Angebote kann ich mich wirklich nicht beklagen. Einige dieser Offerten sind auch durchaus lukrativ. Aber ich kann gar nicht lange überlegen und prüfen: Ich hatte vor einiger Zeit meinem langjährigen Freund und Nationalmannschaftskollegen Jörg Helmdach mal etwas zu leichtsinnig, da ich ja nie ans weggehen gedacht hatte, gesagt: »Wenn ich jemals aus Goldbach weggehen würde, dann natürlich zu dir, zum KSV Witten.« Tja, Jörg Helmdach erinnerte sich – und mich. Nachdem ich meine Versprechungen zu halten pflege, gibt es keine Ausrede.

Auch nicht die 560 Trainings- und Wettkampfkilometer, die eine große Belastung für mich sind. Was heißt da für mich? Meine Frau Juliana sitzt meistens am Steuer. Ohne ihre Unterstützung wäre der Wechsel in den Ruhrpott nicht realisierbar gewesen.

Sportlich läuft es sensationell: Der KSV Witten, einst ein sehr erfolgreicher Traditionsverein, ist seit gut einem Jahrzehnt eine graue Maus in der Bundesliga. Jetzt wird das anders. Wir werden Zweiter der Bundesliga-Runde mit 28:4 Punkten. Ich habe keinen Kampf verloren und werde in 74 und 82 kg eingesetzt.

Wir gewinnen den Halbfinalhinkampf in Köllerbach vor 2500 Zuschauern mit 15:8 und den Rückkampf in Witten vor ausverkaufter Halle mit einem 16,5:8-Sieg. Der KSV ist nach dreizehn langen Jahren wieder einmal in einem Finale um die deutsche Mannschaftsmeisterschaft. Der Ruhrpott bebt. Und nach dem 12,5:11,5-Sieg in der Aalener Greuthalle haben wir »eine Hand am Pott«. Umso größer ist die Enttäuschung nach der 10:14,5-Heimniederlage in der Dortmunder Körnig-Halle. Die Niederlage hat auch für mich weitreichende Konsequenzen.

Nach Finals findet meist ein Bankett für alle Athleten und Funktionäre statt – man kennt sich ja gut. Diesmal war kein gemeinsames Essen geplant, was ich sehr schade fand. Schließlich stimmt ja der Spruch: »Auch Vize ist Spitze.« Selbst wenn

eine Niederlage am Anfang sehr weh tut. Nun, die Athleten gehen mehr oder minder bedröppelt ihrer Wege – die Hälfte der Staffel trifft sich zufällig in einem Fastfood-Laden. Dort wird natürlich auch über die Zukunft diskutiert, wie es weitergeht. Schnell wird klar, dass es in dieser Form mit dieser Mannschaft nicht weitergehen wird. Die meisten wollen zu anderen Vereinen. Ich auch. Juliana ist schwanger und kann nicht mehr so oft diese Strecke fahren. Und dann mit einem Säugling? Umziehen geht auch nicht, in Aschaffenburg habe ich meinen Job, meinen Lebensmittelpunkt.
So nehme ich ein Angebot des VfK Schifferstadt an – eine Entscheidung, die mir letztlich große Freude bereiten wird.

Was mich gerade wirklich nicht erfreut ist die Tatsache, dass ich mich hier in der Rehaklinik in Bad Rodach fühle wie ein unförmiger Klops. Innerhalb von drei Tagen nehme ich durch die Kortison-Behandlung sieben Kilogramm zu. Voll austrainiert kam ich mit 78 Kilogramm aus Usbekistan, nun wiege ich 85 Kilogramm, sehe aus wie ein nasser Schwamm, der noch nie Sport getrieben hat. Chefarzt Dr. German Kroczek will mich beruhigen: »Herr Leipold, Sie beginnen auf einem Niveau, mit dem andere gern hier herauslaufen würden.« Nee, trösten kann mich das nicht. Mein Bewegungsdrang ist stärker als die Einsicht, als der Geist, der mir sagt, ich würde Geduld haben müssen. Der Blick in den Spiegel tut sein Übriges. Ich muss so schnell wie möglich wieder Alexander Leipold werden. Der Ringer Alexander Leipold. Es wird kein Spaziergang, zurückzukommen. Es ist auch nicht so wie nach meinen vorangegangenen Verletzungen, als ich bis zu acht Stunden täglich wie ein Bekloppter trainierte, um wieder für den Wettkampf fit zu werden. Nach einem Kreuzbandriss oder einer Meniskusverletzung

weißt du, dass du wieder fit werden kannst, wenn du nur hart genug trainierst. Nach einem Schlaganfall kannst du nur hoffen und beten. Also hoffe und bete ich – und trainere täglich mehr als acht bis zehn Stunden.
Ich habe keine Ahnung, was dafür ausschlaggebend ist, dass es mir von Tag zu Tag besser geht, mein Optimismus zurückkehrt, ich andere Patienten in der Rehaklinik anstecke, mitzumachen bei dem Versuch, den Schlaganfall vergessen zu machen, um wieder einzutauchen in dieses wunderbare Leben ohne Barriere. Im Gleichklang werde ich täglich dankbarer und ehrgeiziger. Dankbar für die rasche Genesung, ehrgeizig und ungeduldig, weil's immer noch nicht schnell genug geht. Ich lege ein Tempo vor, das meinen Physiotherapeuten die Schweißperlen von der Stirn tropfen lässt.
Ich will zurück.
Es sind nun sechs Wochen nach meinen Schlaganfällen vergangen. Für die Ärzte und Therapeuten eine unglaublich kurze Zeit der Beinahe-Genesung, für mich eine lange Leidenszeit.

Überstanden

Heute ist der 19. September 2003. Mein Verein VfK Schifferstadt trägt am Tag meiner Entlassung aus der Rehaklinik Medical Park Bad Rodach den Bundesliga-Heimkampf gegen Köllerbach aus. 1100 Zuschauer werden informiert, dass ich als Zuschauer dem Kampf beiwohnen werde. Was nun geschieht, werde ich mein ganzes Leben nicht wieder vergessen. Minutenlange Sprechchöre »Alex, Alex« jagen mir Schauer über den Rücken, mir kullern die Tränen über die Wangen. Mein Freund und Berater Kurt Schröer organisierte die »German Tenors«, die das mir gewidmete Lied »Glaub an dich« und das dazu gedrehte Video vorführen. Da brechen alle Dämme. Es ist wunderbar, gemocht zu werden.

Vor dem Rheinland-Pfälzischen Ministerpräsident Kurt Beck, vor Ex-Boxweltmeister Sven Ottke oder Gewichtheber-Olympiasieger Ronny Weller versuche ich, den Leuten meine Dankbarkeit für diese Geste zu zeigen. Noch ein wenig unbeholfen durch die Nachwirkungen der Gesichtslähmung und dem dicken Kloß im Hals vor Rührung rufe ich den Fans entgegen: »Dass ich jetzt hier vor euch stehe, ist ein großer Erfolg, wie ich ihn noch nie in meiner Sportlerkarriere erreicht habe.«

Dass mich nur wenige Wochen später der nächste Emotionsschub übermannen würde, kann ich nicht erahnen. Denn ich bin gerade nur eines: dankbar.

Die Reha geht weiter, zu Hause bei Werner Kraß und seiner Tochter Anna, ebenfalls Physiotherapeutin, die mich gleich mal auf ein Pferd setzt, damit mein Gleichgewichtssinn wiederkommt. Nach harten Einheiten und Pferdewechsel kann ich sogar auf »Bübchen«, einem Kaltblut-Araber, stehen, während er im Kreis trabt. Dort, wo sonst geistig und körperlich behinderte Kinder beim Umgang mit Pferden Vertrauen und Sicherheit gelehrt bekommen, bemerke ich, wie das Vertrauen in meinen Körper zurückkehrt. Werner Kraß und seine Tochter Anna sind – abwechselnd – immer dabei. Auch, als ich mal mein Gleichgewicht verliere, »Bübchen« stehen bleibt und ich vom Pferd purzle. Ich spüre alle Knochen. Toll! Ich spüre wieder das Leben.

CHAMPION
DES JAHRES
2015

CHAMPION DES JAHRES
BEST OF SPORTS
ROBINSON

adidas
Premium-Partner
Deutsche Sporthilfe
DKB

FEIYUE

SPORTS
CHAMPION DES JAHRES

Champion der Champions

Auch die härteste Reha bedarf einer Erholungsphase. Ich nehme also gern die Einladung von Organisator Werner von Moltke und Robinson an, die Jahr für Jahr Deutschlands Medaillengewinner bei Welt- und Europameisterschaften sowie die Medaillengewinner von Olympischen Spielen in einen Robinson-Club einladen. Diesmal geht es in den »Club der Besten«, ins tunesische Tabarka, zusammen mit 75 weiteren Sportlern. Ob Boxer Sven Ottke, ob Ruderer Marcel Hacker, ob Schwimmerin Hannah Stockbauer – allesamt Medaillengewinner aus Weltmeisterschaften und Olympischen Spielen, die sich da eine Woche lang von den Trainings- und Wettkampfstrapazen erholen dürfen, unter sich sind und sich austauschen. Seit dem Jahr 2000 wird in jedem Jahr also in diesem »Club der Besten« die geniale Idee von Jürgen Schmitz, dem Eventmanager von Robinson, umgesetzt und von den Athleten der »Champion des Jahres« gewählt. All diese Top-Sportler, die am besten wissen, wie es sich anfühlt und was man dafür leisten muss, ganz oben auf dem Treppchen zu stehen, küren ihren Besten. Eine solche Wahl zu gewinnen ist die Krönung. Denn die erfolgreichen Hochleistungssportler wissen genau, was es heißt, nach ganz oben zu kommen. Im Jahr 2000 war die Kanutin Birgit Fischer, die erfolgreichste deutsche Olympionikin, die erste Gewinnerin der Wahl. Danach wurden Andreas Dittmer, der

erfolgreichste Kanadierfahrer der Welt und Claudia Pechstein, die erfolgreichste deutsche Winterolympionikin, die ihre Medaillen im Eisschnelllauf gewann, aus den Reihen der Weltelite gekürt. Und 2003, an diesem sonnigen Oktobertag, wählen sie mich zum Champion des Jahres. Mich, der gerade wieder laufen gelernt hatte. Mich, der sich nicht Olympiasieger nennen darf. Mich, Alexander Leipold, der einfach niemals aufgibt.
Es ist etwas anderes, die Gunst von jemandem zu erwerben, der Leistungen bewundert und honoriert, ohne zu wissen, was dahinter steckt, um eben diese Leistungen zu vollbringen. Hier in Tabarka geben nur Sportler ihre Stimme ab, die selbst seit ihrer Kindheit ihre ganze Kraft einsetzen, um der oder die Beste zu sein. Von diesen Besten gewählt zu werden, ist eine Ehre, wie sie größer nicht sein kann. Vor allem, wenn ich sehe, wer auf den Plätzen hinter mir steht. Kombinationsweltmeister Ronny Ackermamm, Biathletin Martina Glagow, Schwimmweltmeisterin Antje Buschschulte und Andreas Dittmer – allesamt Persönlichkeiten, die oft im Fokus der Öffentlichkeit stehen. Überwältigt ist kein ausreichender Ausdruck. Bei der Laudatio von Vorgängerin Claudia Pechstein kommen mir schon wieder die Tränen. Bei Geschichten und Filmen, die gut ausgehen, bin ich nahe am Wasser gebaut, selbst bei meiner eigenen, obwohl man das als »harter Kerl« wohl nicht gern zugibt.
Als Preis bekomme ich auch noch für ein Jahr einen »smart Roadster«, ein Dauer-Abo für die Veranstaltung »Champion des Jahres«, die immer in einem Robinson-Club stattfindet – und eine Traumreise meiner Wahl. Und damit geht auch mein nächster Traum in Erfüllung: Ich darf in ein Shaolin-Kloster nach China reisen, um dort mit den Mönchen zu meditieren. Ich weiß, manche halten mich für verrückt. Da gewinne ich eine Reise meiner Wahl geschenkt, und ich suche mir keine Luxus-

reise in die Karibik oder die Südsee aus, sondern einen Aufenthalt in einem kargen Kloster. Nun, ich hatte mir diese Reise zu den Shaolin Mönchen gewünscht, weil die letzten vier Jahre für mich sehr stressig waren. Erst Olympia mit all den Begleiterscheinungen, dann die Schlaganfälle. Ich wollte unbedingt mal abschalten und ohne Handy meine Gedanken sortieren. Ich startete im Mai 2004 und mein Traum ist absolut in Erfüllung gegangen. Vor allem dank Shan-Li. Seit sechs Jahren lebt Shan-Li im Shaolin-Kloster in Dengfeng. Er ist der erste Europäer, der erste Deutsche, der so lange bei den Mönchen geblieben ist. Mit 16 kam Shan-Li aus Leipzig nach China. Und blieb! Bei ihm schlafe ich auf einer Holzpritsche in einem Zimmer ohne Heizung. Im Winter hängen gerne mal die Eiszapfen von der Decke und der Strom fällt tagelang aus. Duschen ist Luxus. Vier Tage lang lebe ich hier. Mit Shan-Li trainiere und meditiere ich – und genieße die Zeit. Shan-Li hat mir die Philosophie der Mönche erklärt. Tai-Chi, bevor es hell wird, dann zum Sonnenaufgang auf den Berg wandern sind nur einige Dinge, die ich so normalerweise nicht in meinem Leben machen würde, die mir aber ins richtige Leben zurückgeholfen haben. Und er hat mir einige Übungen gezeigt, die ich auch in mein Ringer-Training übernehmen kann. Was ich auch lerne, ist, meine Ungeduld zu beherrschen. Naja, zumindest zeitweise…

Zurück auf der Matte

Zuvor aber muss ich zurück auf die Matte. Nicht, um anderen zu beweisen, dass es klappen kann, nach drei Schlaganfällen wieder in den Leistungssport zurückzukehren. Ich will mir selbst beweisen, dass alles geht, wenn man nur will. Und deshalb trainiere ich wieder genauso wie früher, vor meiner gesundheitlichen Zwangspause. Natürlich nicht, ohne mich komplett durchchecken zu lassen. Ernst Jakob, Mannschaftsarzt der olympischen Winterspiele von 2002 in Salt Lake City und der deutschen Skispringer, macht mit mir die letzten Belastungstests – und staunt nur noch: »Es ist einfach unglaublich. Manchmal passieren Dinge, die sich selbst ein Arzt nicht erklären kann. Alexander Leipold hat eine unglaubliche Motivation und Willenskraft, die oft nur Leistungssportler haben.« Inzwischen ist auch der Grund meiner Schlaganfälle eruiert. Eine sogenannte Autoimmunreaktion nach einer schweren Virusinfektion, die ich ein paar Wochen zuvor gar nicht bemerkt und dementsprechend vor allem wohl ignoriert hatte, verursachte eine überschießende Abwehrreaktion des Immunsystems, die zum Verschluss von kleinsten Blutgefäßen im Kopf geführt haben soll. Klingt kompliziert, ist auch so…

19. Dezember 2003. Ich bin zurück. Ich rieche, schmecke den Schweiß schon vor dem Viertelfinalkampf meines VfK Schiffer-

stadt gegen den Luckenwalder SC. Es ist für mich ein einmalig schönes Erlebnis, auf dieser blau-gelb-roten Matte zu stehen und meinem Widerpart in die Augen zu sehen. Für Jan Brömme war es weniger erfreulich, denn ich gewinne den Comeback-Kampf mit 5:0. »Hier kommt Alex«, intonieren sie in der Halle den Tote-Hosen-Song, und ich muss wieder mit den Tränen kämpfen. Freudentränen. Ich habe es geschafft. Ich bin zurück.
Dieses Gefühl, wieder dazuzugehören, entfacht in mir eine neue Flamme der Leidenschaft: da ist nämlich Olympia 2004 in Athen. Das ist das Ziel, das ich sofort und konsequent und stur verfolge. Ich vergesse die Umwelt. Ich vergesse mein Umfeld – ich vergesse sogar den Christbaum, die Kerzen. Ich sehe Tims traurige Augen, das sorgenvolle Gesicht von Juliana an diesem Abend des 24. Dezember. Weihnachten ohne Baum, nur weil ich keine Zeit hatte, ihn zu kaufen? Weil mir in der Hektik meiner »Wiedergeburt« mein Sport wichtiger war als alles andere? Der innerliche Jubel, wieder dazuzugehören, macht in Sekundenschnelle Platz für eine Leere, die sich in mir ausbreitet wie Feuer. Ich merke erst jetzt, dass ich meine Lieben komplett vernachlässigt habe. Dass ich nur an mich gedacht habe, dass ich nur wieder ringen wollte, weil eben das der Beweis meiner Gesundheit war. Dass mein Sohn und meine Frau in dieser Zeit das eigentliche Überlebenselixier waren, spüre ich jetzt. Zu spät. Das, so schwöre ich mir, wird nie wieder passieren.
Weihnachten ist vorbei, der Alltag kommt schnell. Auch die erste Verletzung, die ich auskurieren muss, auch der nächste Anflug der Ungeduld, weil ich Olympia vor Augen habe. Ich fühle mich ganz ordentlich, will bei den deutschen Freistilmeisterschaften 2004 in Kleinostheim, also direkt vor meiner Haustür, wieder deutscher Meister werden, um mich national zu qualifizieren.

Etwas komplizierter ist das beim Ringen allerdings, einen internationalen Olympiastartplatz zu bekommen. Ich müsste zu einem Ausscheidungsturnier nach Sofia reisen. Dort ginge es nicht um ein Olympia-Ticket für mich, sondern um einen generellen Startplatz für den Deutschen Ringerbund. Der könnte dann, sollte die Qualifikation gelingen, nach Athen schicken wen er wollte. Natürlich ist die sicherste Variante, dass ich dorthin fahre. Aber ich sollte dort dann schon gewinnen. Zweifel nagen. Bin ich schon wieder so weit, um mich mit der Weltelite messen zu können? Bundestrainer Wolfgang Nitschke und ich wägen ab. Der Coach meint, dass solch harte Kämpfe noch zu früh für mich seien und so wird beschlossen, das Nachwuchstalent Dennis Blum zu schicken. Blum scheitert – und so bleibt für mich nur noch eine Chance: Der Deutsche Ringerbund muss eine Wild Card für mich beim Weltverband beantragen. Die aber wird nur an Nationen vergeben, die noch keine qualifizierten Ringer für die Spiele haben. Ist das nun das Ende meiner Träume? Weltverbandspräsident Raphael Martinelli aus der Schweiz zeigt uns in dieser Situation noch eine Möglichkeit: Das Deutsche Olympische Komitee kann einen Antrag auf eine Sonderstartgenehmigung stellen.

Darauf hoffe ich – vergebens. Ich erfahre Monate später, dass dieser Antrag nie gestellt worden war. Ich erfahre das nicht vom NOK oder dem Deutschen Ringerbund, sondern von einem Weltverbandsmitglied, das mir erzählt, Raphael Martinelli habe gleich zweimal bei IOC-Präsident Jacques Rogge wegen mir nachgefragt. Die Antwort: Es läge kein Antrag vor. Viel später bei der Tour der Hoffnung fragte ich direkt den damaligen Vorsitzenden. Er sagt, man habe vorgefühlt und wenig Chancen gesehen. Leider handelten die entscheidenden Personen nicht nach meinem Motto: Wer kämpft, kann verlieren. Wer nicht kämpft, hat schon verloren.

Verloren – Gewonnen

Das war es dann mit meiner letzten Chance.
Natürlich bin ich traurig, verärgert – aber weshalb soll ich lange trauern? Ich lebe! Ich habe drei Schlaganfälle überlebt, bin zurückgekommen, wurde gerade mit dem VfK Schifferstadt deutscher Mannschaftsmeister, gewinne die Silbermedaille bei den deutschen Freistilmeisterschaften – und das nach einer Genesungszeit, in der andere Patienten froh gewesen wären, wenn sie sich nur selbständig wieder allein anziehen konnten. Trotzdem bin ich etwas geknickt über die erste Niederlage nach über zehn Jahren bei einer deutschen Meisterschaft.

Für Selbstmitleid aber findet sich kein Platz. Stefan Keber vom SWR, der für das Magazin der ARD »Report« die Recherchen über mich als »Dopingopfer«, wie er es nennt, geführt hat, und sowohl in der Uni als auch in der Klinik Medical Park Bad Rodach gedreht hat, hilft mir dabei mit seinem Zitat nach dem verlorenen Finale bei der Deutschen Meisterschaft: »Alex, du bist schon ein wenig verrückt. Du ärgerst dich über die kleine Niederlage und vergisst dabei deinen größten Sieg. Denk daran wie du vor wenigen Monaten bewegungsunfähig im Bett lagst.« Das zeigt Wirkung. Er hat so was von Recht. Zumal ich inzwischen sogar Botschafter der Stiftung Deutsche Schlaganfall-Hilfe bin.

Botschafter der Stiftung Deutsche Schlaganfall-Hilfe

Als Botschafter der Stiftung Deutsche Schlaganfall-Hilfe erfülle ich eine Vorbildfunktion. Ich, der Ringer, darf anderen Menschen Mut machen. Als mich die Stiftung ansprach, bin ich schon erschrocken. Denn eigentlich werden Botschafter doch nur Leute, die in der Öffentlichkeit stehen, die einen positiven Promifaktor aufweisen. Es wird eine Herzensangelegenheit. In den folgenden Jahren organisierte ich mit Freunden wie Kadir Caliskan und Jens Gündling Veranstaltungen zugunsten der Stiftung wie zum Beispiel »Ringen gegen den Schlag 1-3«, wo wir weit über 15.000 Euro sammelten und spendeten. Ich besuche Veranstaltungen, auf denen ich über das Thema Schlaganfall aufkläre, mache Patientenmotivationen in verschiedenen Medical Park- und anderen Rehakliniken, ich bin einfach da, wenn mich die Stiftung benötigt: »Mein Herz geht auf«, wenn ich hier helfen kann.

Mir ist es wichtig zu zeigen, dass es wirklich jeden treffen kann. Wenn die Leute sagen: »Es betrifft mich nicht, ich bin nicht 80 Jahre alt, ich habe kein Übergewicht und ich rauche nicht«, dann sage ich: Schlaganfall ist ein Thema für jeden! Es kann sogar Kinder und Sportler treffen.

USA
adidas

ZURICH
Deutsche Sporthilfe
DRB
adidas
foeldeak

adidas

AtaTechnology
asics

Es gibt verschiedene Veranstaltungen, die ich als Botschafter der Schlaganfall-Hilfe besucht habe, zum Beispiel den Rosenball, Patientenveranstaltungen und den Motivationspreis. Ganz besonders aber hat mich das Familiencamp beeindruckt. Das ist ein Treffen, welches sich an Familien mit einem schlaganfallbetroffenen Kind richtet. Diese Familien stellen sich großen Herausforderungen. Durch den Fokus auf das betroffene Kind fühlen sich Geschwisterkinder häufig zurückgesetzt. Eltern haben ein schlechtes Gewissen und vernachlässigen deshalb ihre eigenen Bedürfnisse und ihre Gesundheit. Dazu kommt, dass das Thema kindlicher Schlaganfall kaum bekannt ist.

Ich habe an zwei Familiencamps teilgenommen, in den Jahren 2012 und 2014. Auch viele andere Botschafter wie Dennenesch Zoudé, Christian Bahrmann und Axel Schulz waren vor Ort. Wir haben so viel mit den Kindern erlebt: BobbyCar-Rennen veranstaltet und getanzt, weil einige Kinder mich von Let's Dance kannten, Olympische Spiele nachgestellt und verschiedene Sportarten ausprobiert. Kurt Schröer, mein ehemaliger Bundestrainer-Assistent, und ich haben den Kindern Ringen gezeigt. Trotz ihrer Behinderung haben die Kids voller Elan mitgemacht. Als ich im Zweikampf gegen das Kikaninchen – also Christian Bahrmann – angetreten bin, haben sich alle Kinder auf mich gestürzt. Sie wollten dem Kikaninchen helfen, weil es unterlegen war. Die Kinder hatten so viel Spaß. Das war ein tolles Erlebnis.

Besonders in Erinnerung geblieben ist mir auch ein Gespräch mit einem schlaganfallbetroffenen Jungen. Er hat mich auf dem Familiencamp im Rahmen eines Medienworkshops interviewt und konnte nicht sprechen, nur über einen Computer war seine Stimme zu hören. Die Stärke des Jungen hat mich sehr beeindruckt. Das sind Momente, die ich nie vergessen werde.

In den Familiencamps habe ich Kinder kennengelernt, denen Ärzte häufig keine Chance gaben. Es hieß, sie würden nicht lange leben oder nie laufen können. Doch diese Kinder haben nie aufgegeben, immer gekämpft und es allen gezeigt. Die Familiencamps sind eine intensive Erfahrung. Nach so einem Wochenende hat man viel zu verarbeiten und ist kaputt. Aber man fühlt sich zufrieden, weil die Kinder einem das Gefühl geben, gebraucht zu werden.
Meine Botschafteraufgabe ist keine eindimensionale Tätigkeit. Auf einem Familiencamp geht es zum Beispiel darum, die Kinder einfach von ihrem Schicksal abzulenken. Sie sollen sehen, dass sie nicht alleine sind. Ein weiterer Aspekt meiner Botschaftertätigkeit ist die Aufklärung und ich möchte mit meiner Geschichte motivieren.
Ich fühle mich sowohl geehrt als auch verpflichtet, Botschafter der Stiftung Deutsche Schlaganfall-Hilfe zu sein.

Ach ja, verpflichtet. Nach dem Gewinn der deutschen Mannschaftsmeisterschaft 2004 mit dem VfK Schifferstadt hat mein Heimatverein Goldbach angefragt, ob ich nicht als Ringer mithelfen möchte, wieder an alte Zeiten anzuknüpfen. Nach dem Rückzug 1998 aus der Eliteklasse in die Landesliga hat die Staffel mit jungen Ringern den Weg zurück in die Oberliga gefunden. Ich habe mich in Schifferstadt wirklich wohlgefühlt und werde diesem Verein und seinen Fans immer verbunden bleiben. Aber die Nähe zu meiner Familie und das durchaus biologisch absehbare Ende meiner Karriere als Spitzenringer nehmen mir die schwere Entscheidung ab.
Das nach Hause kommen ist mindestens so emotional wie mein Abschied aus Schifferstadt. Weitere junge erfolgshungrige Talente kommen, um sich weiterzuentwickeln und dem mehr-

fachen deutschen Mannschaftsmeister wieder zu alter Stärke zu verhelfen. Es macht jede Menge Spaß, sechs Jahre nach meinem Wechsel wieder in dem Umfeld zu sein, wenngleich wir alle logischerweise ein wenig älter geworden sind. Verrückt nach Ringen sind wir allemal geblieben. Bei mir hat sich das sogar noch ein wenig mehr ausgeprägt. Am Anfang gestaltete ich das Aufwärmtraining bei Landestrainer Gerhard Weisenberger, dann durfte ich schon Griffvarianten vormachen – da war ich nicht mal 20 Jahre alt. Schon immer habe ich nach meinen Kämpfen jüngeren Kollegen Tipps gegeben, bis mich meine Trainer nicht nur an den Mattenrand, sondern gleich als Co-Trainer eingestellt hatten. Das bereitete mir so viel Spaß, dass ich auch »nebenbei« meine Trainer-Lizenzen erwarb. Erst im Verein, dann im Bezirk und schließlich im Land Hessen (obwohl Goldbach in Unterfranken liegt, sind der Klub und die übrigen Vereine am Untermain dem Ringerverband Hessen angegliedert) lehrte und lernte ich. Ich wurde Honorarlandestrainer und später sogar verantwortlicher Landestrainer im Freistil.
Nun war ich noch nie ein Mensch, der halbe Sachen macht. Also wage ich im Juni 2005 auch den letzten Schritt. Ich bewerbe mich auf die Ausschreibung zum Ringer-Bundestrainer. Natürlich muss so etwas gründlich überlegt sein. Ich habe einen guten, soliden, krisensicheren Job bei der Firma Linde, die mir in all den Jahren Hochleistungssport geholfen hat, mir nie Steine in den Weg gelegt hat, wenn ich zu Lehrgängen, Trainings, Wettkämpfen oder anderen Veranstaltungen musste oder wollte. Wo findet man so was noch? Zudem hatte ich eine Familie zu ernähren.

Ich bin also Bundestrainer

Und so ein Bundestrainer-Job ist ja nun wirklich keine Position, der die hundertprozentige Sicherheit bringt. Erfolglosigkeit kann sich kein Sportverband leisten, über das schnelllebige Trainergeschäft muss ich wohl hier nichts sagen.
Ja, aber... Wenn ich einmal die Chance habe, mein Hobby zum Beruf zu machen, soll ich da zögern? Soll ich zögern? Soll ich ans Scheitern denken? Ich? Nein, das hab ich während meiner sportlichen Laufbahn noch nie, ergo schicke ich die offizielle Bewerbung auch schnell ab. Überraschend schnell kommt die Antwort – und die Einladung zum Vorstellungsgespräch. Ich setze mich gegen die anderen Bewerber durch und werde Bundestrainer. Um die genauen Aufgaben zu definieren, fahre ich zum Treffen mit Sportdirektor Detlef Schmengler und Juniorentrainer Jörg Helmdach. Wenn ich ganz ehrlich bin, dann träume ich schon wieder von Olympia, davon, dass vielleicht sogar einer »meiner« Sportler eine Medaille gewinnen kann. Somit auch indirekt ich, dann halt als Trainer. Es kommt natürlich mal wieder komplett anders als ich mir so denke. Ich kehre zwar als Bundestrainer zurück in den Kreis meiner Familie, aber nicht als verantwortlicher Coach der Männer, so habe ich die Ausschreibung verstanden, sondern als Junioren- und Kadettentrainer. Der ersten kleinen Enttäuschung folgt nicht nur die Einsicht, dass es vielleicht gar nicht so schlecht ist, erstmal mit dem Nachwuchs zu

beginnen, sondern sofort auch der Ehrgeiz, ebenso erfolgreiche Ringer zu formen wie ich selbst einer war. Ich soll drei Jahre Zeit bekommen, junge Ringer an die Spitze zu bringen. Das hat was, das ist durchaus mein Ding. Und da ich mit Jörg Helmdach bereits einige internationale Turniere als Co-Trainer begleitet habe, kenne ich die meisten Jungs, und es sind erfolgshungrige Jungs, so wie ich früher.
Zumal ich nebenbei auch noch die Schulbank zu drücken habe. In Köln muss ich die Trainerakademie besuchen, ich lerne wirklich viel, um Diplomtrainer zu werden. Mein Diplom mache ich später mit der Note sehr gut.. Und schon geht es los. Mit jungen, vor Ehrgeiz strotzenden Jungs zu trainieren, mich selbst in ihnen ein bisschen wieder zu finden, Positives zu vermitteln, Negatives fernzuhalten – das ist beinahe so schön wie selbst zu ringen.
Ach ja, selbst ringen... Das ist nun leider vorbei. Das steht nämlich im Vertrag mit dem Deutschen Ringerbund. Ich muss aufhören, auch wenn es immer noch so unbändigen Spaß macht. Wir sind in Goldbach aufgestiegen und stehen nun in der Zweiten Bundesliga ganz gut da. Aber klar, Beruf geht vor. Zumal es mein Traumberuf ist.
Meinen Abschiedskampf darf ich aber noch bestreiten. Komisch, ich kriege zuvor in der Nacht zum 10. Dezember kein Auge zu, obwohl es gegen keinen so prominenten Kontrahenten geht. Ich schwitze, habe plötzlich Furcht, meinen letzten Kampf zu verlieren. So nervös war ich noch nie in meinem Leben. Schon komisch, jetzt mit 36 das letzte Mal aktiv auf die Matte zu gehen. Noch vor ein paar Wochen war ich in Teheran Weltmeister geworden. Masters-Weltmeister. Das sind die Titelkämpfe der über 35-Jährigen. Tolles Comeback nach drei Schlaganfällen. Viel zu früh fürs Aufhören. Sagt auch mein Vater, der immerhin 52 war, als er die Ringerschuhe an den berühmten Nagel hing.

Das alles geht mir durch den Kopf, als ich meinem Konkurrenten aus dem Saarland gegenüberstehe. Nur nicht verlieren, nur nicht blamieren. Ich glaube nicht, dass ich kämpfen kann. Ich stolpere fast auf die Matte – und noch vor dem ersten Körperkontakt ist es wie immer. Meine Leidenschaft ist wieder da, von Nervosität ist nichts mehr zu spüren. Ich gewinne gegen Said Jarroudi vom ASV Hüttigweiler deutlich – und dann brechen wieder alle Dämme, als mich meine Mannschaftskollegen in die Luft werfen und meine Ringerschuhe an den Nagel hängen, der in einer »aufgezeichneten Ringermatte« auf einem Holzstück steckt. Ich heule. Über 30 Jahre als Ringer sind Geschichte.

Wie heißt es immer so schön? Wo ein Ende ist, ist auch ein Anfang. Mein Anfang ist der Trainerjob. Juniorentrainer der deutschen Nationalmannschaft.

Das Jahr 2006 ist auch ohne eigene Kämpfe ganz schön aufregend. Nicht nur, weil sich eine ganze Reihe hoffnungsvoller Talente um mich scharen, die ich trainieren und betreuen kann, sondern vielmehr weil ich wieder Vater werde. Tim bekommt ein Brüderchen, Neo heißt unser neues Familienmitglied. Er vervollkommnet unser Glück.

Zum familiären Glück gesellt sich auch sportlicher Erfolg. Da habe ich einen ausgezeichneten Jahrgang erwischt. In diesem Jahr gewinnt der Berliner Felix Menzel die Goldmedaille bei den Europameisterschaften. Dazu holte Tim Schleicher noch die Bronzemedaille. Der erste ganz große Wurf für mich als Trainer mit meinem super Team aus Trainern und Betreuern, die mich auch in allen folgenden Jahren perfekt unterstützten. Wobei ich bei diesem Turnier tausendmal nervöser bin als bei eigenen Kämpfen. Du stehst und kniest und zappelst am Mattenrand, hoffst, betest, schreist, klatschst – aber du kannst nicht eingreifen. Trainer sein ist verdammt anstrengend. Aber großartig, besonders wenn Medaillen dabei herausspringen. Es ist ein großartiges Gefühl, die Freude der Gewinner mitzuerleben und einen kleinen Anteil daran zu haben. Es folgen nämlich acht Medaillen in Europa- und Weltmeisterschaften im Nachwuchsbereich. Zudem feiern meine Jungs den 3. Platz der Nationenwertung bei den Junioren-Europameisterschaften in Belgrad 2007 hinter Russland und der Türkei. Eine Sensation. Das Schöne dabei ist, dass Werner Kraß, so oft es sein Job erlaubt und er von seiner Praxis weg kann, uns begleitet – und auch hier großen Anteil an den Erfolgen hat.

Eine kleine Sensation ist aber auch Tim Schleicher. Der Nürnberger gewinnt drei EM-Medaillen und wird 2007 Dritter der Junioren-WM. Schleicher überzeugt – ebenso wie mein weiterer Schützling Samet Dülger – auch die »Aktiven«. Das Junioren-Duo gewinnt Gold bei den Deutschen Meisterschaften der Männer 2008. Beide starten im selben Jahr als Jugendringer bei den Männer-Europameisterschaften und bei den Qualifikationsturnieren für die Olympischen Spiele in Peking. Und weil meine fleißigen Burschen national und international von sich reden machen, soll ich nun Freistil-Bundestrainer der Aktiven werden. Mein Auftrag: Startplätze für Olympia 2012 in London sichern. Meine Hoffnung: Viele Sportler nach London zu führen, und vielleicht ist einer dabei, der sogar eine Medaille erringen kann.

Die Rehabilitierung

Und wieder holt mich meine Vergangenheit ein...
Ich will ja nicht meckern, aber warum in aller Welt kann in meinem Leben nicht mal etwas ganz normal ablaufen? Olympia scheint irgendwie mein Schicksal zu sein. Jetzt soll plötzlich geprüft werden, ob ich überhaupt als Bundestrainer nach London fahren darf. Ich habe ja eine »Dopingvergangenheit«.
Also alles wieder auf Anfang. Der Deutsche Olympische Sportbund (DOSB) rät Ringerbund-Chef Manfred Werner, dass ich mich frühzeitig einer Prüfung durch die unabhängige Steiner-Kommission unterziehen soll. Ich denke mir: Wer nichts zu verbergen hat, muss sich auch zehn Jahre später vor nichts fürchten.
Ich sitze zusammen mit Manfred Werner, dem Präsidenten des Deutschen Ringer-Bundes (DRB), und Markus Schädler, dem Rechtsausschuss-Vorsitzenden des DRB, im Würzburger Büro in der Hofstraße und bin schon ein wenig angefressen: »Das ist einfach nervig, das alles nochmals aufzurollen.« Markus Schädler sieht das anders. Für ihn steht nämlich inzwischen zweifelsfrei fest, dass meine Unschuld längst erwiesen ist. Der Würzburger Rechtsanwalt hat sich vom Sportgerichtshof CAS das damalige Urteil kommen lassen und ist ganz schön erstaunt: »Da steht klar drin, dass du nicht vorsätzlich oder fahrlässig gedopt hast. Warum es da nicht ein völlig anderes Urteil gab, ver-

stehe ich nicht.« Eine Frechheit ist zudem, dass es inzwischen eine wissenschaftliche Methode gibt, die Nandrolon-Werte genau zu analysieren und zu beweisen, dass meine erhöhten Werte körpereigen produziert wurden. Peinlich nur, dass die damals entnommene Urinprobe einfach während des laufenden Verfahrens 2001 vernichtet wurde, obwohl es vorgeschrieben ist, dass Proben mindestens bis zum Ende des Verfahrens aufzuheben sind und wir zusätzlich noch einen Antrag gestellt hatten.

Nun, die »Unabhängige DOSB-Kommission zur Überprüfung von Trainerinnen, Trainern und Offiziellen mit Dopingvergangenheit« lädt mich zur Anhörung, und kommt nach bekannt intensiver Untersuchung sowie aufgrund der objektiven Beweislage relativ schnell zu seinem »Urteil«.

Die Kommission, die vom ehemaligen Bundesverfassungsrichter Udo Steiner geleitet wird, schreibt: »Unter Berücksichtigung aller Umstände ist der Vorwurf eines schuldhaften Verstoßes gegen das 2000 geltende Anti-Doping-Regelwerk nicht zu machen.«

Das sind wieder die Momente, in denen ich mich eigentlich freuen sollte, die Trauer aber überwiegt. Zehn Jahre hat es gedauert, bis ich es schwarz auf weiß lesen darf, dass ich unschuldig bin. Zehn lange Jahre. Ich habe bei diversen Fragen von Freunden, Bekannten oder auch Journalisten immer gesagt: »Das Jahr hat 365 Tage. 360 Tage bin ich zufrieden. An fünf Tagen vielleicht, wenn ich an all die Szenen vor zehn Jahren denke oder irgendwelche Siegerehrungen mit deutschen Athleten im Fernsehen anschaue, kommen mir die Tränen. Immer noch. Und ab und zu wünsche ich mir, dass ich die Goldmedaille, die ich verdient und fair errungen habe, doch noch bekomme. Aber sonst? Sonst ist alles in Ordnung.« Das

ist freilich nur die halbe Wahrheit. Ab und an denke ich schon daran, dass ich durch das Fehlurteil auch Geld verloren habe. Vielleicht viel Geld. Als Olympiasieger hast du Sponsoren, Auftritte, Prämien... Außer Anwaltskosten ist nichts geblieben. Für einen Sportler aus einer Randsportart bieten solche Gelder Zukunfts- und Planungssicherheit. Gleich darauf kriege ich ob dieser Gedanken aber schon wieder ein schlechtes Gewissen. Ich bin wieder gesund, habe eine intakte Familie, bin jetzt in meinem Traumberuf als Bundestrainer gefragt und darf an den Olympischen Spielen in London teilnehmen.
Natürlich nur, wenn sich meine Freistilringer auch dafür qualifizieren. Ich habe Spaß an meiner neuen Aufgabe, auch wenn sie so völlig anders ist als ich sie mir vorgestellt habe. Ich kann nicht nur mit meinen Jungs trainieren und sie bei den Turnieren betreuen, auch das ganze organisatorische Drumherum nimmt meine ganze Kraft in Anspruch. Endlose Diskussionen über Sinn und Zweck von Trainingslagern und deren Finanzierung lehren mich Geduld.
Geduld brauche ich auch mit meinen Schützlingen, denn im Gegensatz zu anderen Nationen sind unsere Ringer nun mal keine Profis und können sich nicht acht Stunden am Tag dem Ringen widmen. Klar gibt es die Sportfördergruppe der Bundeswehr, die einigen Sportlern dabei hilft, wie Profis zu trainieren, aber im Ringen benötigen wir mehrere Trainingspartner für die Spitzenringer und die fehlen hier leider. Die erste Medaille bei den Männern holt Marcel Ewald in Baku 2010. Glücksgefühl pur. Bei den Europameisterschaften in Dortmund 2011 verkaufen wir uns teuer und holen wichtige Ranglistenpunkte. Saba Bolaghi, den ich schon als Landestrainer und Nachwuchsbundestrainer betreute, der 21-jährige deutsche Meister aus Mömbris-Königshofen, gewinnt die Bronzemedaille und erfüllt

damit alle Erwartungen. Dazu kommen zwei fünfte Plätze von Nick Matuhin und Marcel Ewald. Weil aber die anderen Sportler nicht mit Edelmetall geschmückt werden, sprechen die ersten Kritiker schon wieder vom Versagen. So etwas ärgert mich maßlos. Als Leistungssportler willst du doch immer gewinnen, gibst immer dein Bestes. Und um an einer Europameisterschaft überhaupt teilnehmen zu können, musst du erstmal deutscher Meister werden, also Bester deines Landes. Von dem Besten deines Landes von Versager zu sprechen oder zu schreiben, wenn »nur« der vierte oder fünfte Platz herausspringt, zeugt von mangelndem Respekt gegenüber den Athleten.

An dieser negativen Einstellung ist zwar nichts zu ändern, meine positive Überzeugung lasse ich mir aber nicht nehmen. Ich glaube an meine Sportler, ich freue mich auf Olympia. Ich freue mich auf London.

Leider haben sich die älteren Ringer mit guten Qualifikationschancen und junge Hoffnungsträger auf die Qualifikation entweder schwer verletzt oder hauchdünn und teilweise gar umstritten die Qualifikation verpasst.

Ich freue mich trotzdem und vielleicht gerade deshalb besonders riesig, weil zwei meiner Jungs, die ich seit den Junioren betreue, die Olympia-Qualifikation geschafft haben. Dabei hatten Tim Schleicher und Nick Matuhin alles andere als gute Voraussetzungen. Beide mussten sich nach langwierigen und schweren Verletzungen erst in die deutsche und dann in die internationale Spitze zurückkämpfen. Nick verletzte sich 2009 schwer an der Schulter und konnte erst nach einem Jahr, im Dezember 2010, wieder auf die Matte – nach unzähligen Rehamaßnahmen in der Klinik Medical Park Berlin Humboldtmühle. Er schaffte es – seine Fahrkarte nach London – beim zweiten Qualifikationsturnier, obwohl er direkt davor Fieber hatte. Tim verletzte sich schwer bei der EM 2012 und kämpfte sich mit unzähligen zusätzlichen Rehamaßnahmen bei Werner Kraß und Schmerzen durch die drei Qualifikationsturniere und erkämpfte sich bei der letzten Chance spektakulär den Startplatz für London.

Glauben will von der Funktionärsspitze keiner an meine Jungs. Und dennoch fordern sie eine Medaille. So ein Quatsch. Die beiden Sportler sind erfolgreiche Nachwuchssportler, aber erst am Beginn ihrer Männer-Karriere. Über eine Medaille reden wir mal in vier oder acht Jahren. Dann sind sie so weit. Jetzt sollen sie Erfahrungen sammeln, in London dieses olympische Flair schnuppern. Klar, wenn sich die Chance ergibt, dann werden sie schon zuschnappen, das haben sie schon mehrfach bewiesen. Also abwarten.

Rückkehr zu Olympia

Aber jetzt geht es erst einmal zum Einkleiden. Spätestens jetzt beginnt dieses einzigartige Kribbeln im Bauch. Es ist vermutlich schwer zu verstehen, dass Kleidung wirklich etwas beeinflussen kann. Aber ich empfinde das so. Wer diese Ausstattung erhält, gehört zu dem Team, das bei den größten Sportspielen der Welt das ganze Land vertritt. In diesem Augenblick der Vergabe fühle ich mich nicht als Einzelsportler oder Bundestrainer, sondern als ein Teil dieser großartigen Gemeinschaft, die etwas ganz besonderes erreichen möchte. Ich kann's nicht ändern, ich kriege Gänsehaut.

Wie später bei der unglaublichen Eröffnungsfeier in London, die ich wie immer im Fernsehen erlebe, aber zum ersten Mal nicht als Sportler, sondern als Trainer. Da wir Ringer immer am Ende der Olympischen Spiele kämpfen, und um optimale Leistung abliefern zu können, reisen wir nach der Eröffnungsfeier an und verzichten darauf, dieses einmalige Erlebnis live zu erleben. Wir trainieren derweil zu Hause und stimmen uns am Fernseher bei der Live-Übertragung auf das größte Ereignis einer Sportler- und auch einer Trainerlaufbahn ein. Da fühle ich die Glückseligkeit von Sydney, ich kann endlich alles wieder aufsaugen. In mir wohnt das Glück. Solche Momente werde ich niemals vergessen.

Wie schnell Glück und Pech beieinander liegen, habe ich in meinem Leben nun wahrlich schon häufig erleben dürfen. Das auf-

regende Glücksgefühl bekommt einen gehörigen Dämpfer, als ich nach der offiziellen Auslosung die Gruppengegner meiner Schützlinge sehe. Nick Matuhin hat in seinem Pool zum Auftakt ausgerechnet den Top-Favoriten und späteren Olympiasieger. Schlimmer kann es nicht kommen.
Doch, kann es, denn das gleiche Schicksal widerfährt Tim Schleicher. Auch er bekommt einen Gegner zugelost, den er einfach noch nicht besiegen kann und dem sie später olympisches Gold umhängen werden. Da ist wohl nichts zu machen. Das weiß ich, das weiß jeder Fachmann. Nur einige Leute im Funktionärskreis interessiert das wenig. Sie wollen eine Medaille, also fordern sie eine Medaille. Natürlich motiviere ich meine Jungs, weil ich weiß, dass der erste Kampf entscheidend sein kann. Wenn du den ersten Kampf überstehst, kannst du dich so richtig in ein Turnier hineinbeißen und auch gegen Konkurrenten bestehen, die vermeintlich stärker sind. Leider waren auch die nächsten Gegner in der Hoffnungsrunde Sportler, die Bronzemedaillen bei Olympischen Spielen gewonnen haben. Ich habe mir die Kämpfe der beiden mehrfach angesehen und denke, dass sie das ganz ordentlich gemacht haben. Klar – besser geht es immer, aber fast alle Sportler können bei den ersten Olympischen Spielen nicht ihre hundertprozentige Leistung abrufen. Davon kann ich wirklich ein Lied singen.
Diesmal reicht es also für die beiden jungen Athleten noch nicht. Pech vor allem auch noch, dass Ringer anderer Nationen, die von Tim und Nick stets deutlich besiegt worden sind, durch Losglück bessere Platzierungen erreichen.
Dennoch denke ich, dass in vier oder in acht Jahren diese beiden Sportler sichere Kandidaten für eine olympische Medaille sein werden. Denn ein Ringer benötigt bei solchen hochkarätigen Turnieren nicht nur Herz, Talent, Fleiß und Können, sondern

vor allem auch Erfahrung. Und die Sportler müssen spüren, dass man auch bei Niederlagen zu ihnen steht. Das habe ich immer versucht, da ich am besten weiß, dass es nicht nur Siege gibt. Und ganz wichtig: Man benötigt dazu einfach seine Zeit.
Aber die Zeit wird nicht gewährt. Als unfähig werden die beiden tituliert, als überschätzt, als großspurig, weil sie bei Interviews zuvor – wie das jeder Athlet tut, da alle, die den Spruch »dabei sein ist alles« sagen, von der Presse als Olympia-Touristen bezeichnet wurden – erzählten, dass sie eine Medaille holen wollen.
Das trifft Tim und Nick sehr hart, sie denken sogar ans Aufhören. Wir hatten sehr lange Gespräche, um sie wieder auf den richtigen Weg zu führen. Das Ganze trifft auch mich mehr, als ich mir anmerken lasse.
So was kann man doch nicht machen!
Doch, man kann: Obwohl meine Ringer nach dieser sehr harten Vorbereitung und diesem Turnier regenerieren müssten, geistig und körperlich, da ja auch Bundesligawettkämpfe absolviert werden müssen – und ich dies auch auf diversen Sitzungen fordere – soll sofort das Trainingspensum gesteigert werden. Ich selbst soll nun plötzlich zusätzlich drei Tage in der Woche nach Schifferstadt fahren, um die Bundeswehr-Athleten zu trainieren, die aber im dortigen Olympiastützpunkt bereits von Rainer Kamm und Behcet Selimoglu vorbereitet werden, beide sehr gute Trainer, die mich als Assistenztrainer mit der Nationalmannschaft begleiten. Dass ich als Bundestrainer alle Stützpunkte im Jahr besuche, ist für mich selbstverständlich, aber nicht diesen einen in diesem Umfang. Zudem wird den Athleten die notwendige Regeneration verweigert, es werden unbedacht, vorschnell und diskussionslos Änderungen vorgegeben, die meiner Meinung nach eher leistungshindernd als -fördernd sind.

Für mich wird das alles nicht mehr nachvollziehbar. Bundestrainer ist mein Traumberuf. Ohne wenn und aber. Wer kann schon sein Hobby, seine Leidenschaft, sein Leben zum Beruf machen? Nur braucht man auch ein Umfeld, das passt. Um optimale Leistungen zu bringen – ob als Sportler oder als Trainer – muss man sich wohlfühlen.

Doch als ich sehe, wie meine Ringer behandelt werden, ist es nicht mehr mein Traumjob. Weil auch meine Vorstellungen und Konzepte ungehört verhallen, ziehe ich die Reißleine. Auch wenn ich weiß, dass die Führung immer nur das Beste für das Ringen in Deutschland zu erreichen versucht.

Mein Rücktritt

Es fällt mir schwer, meinen Traum zu begraben, aber ich möchte nicht täglich aufwachen und unglücklich sein. Ich möchte zudem meine Kinder aufwachsen sehen und erleben.
Also bewerbe ich mich in meinem alten Beruf – und als meine Bewerbung erfolgreich ist, tausche ich Trainingsanzug mit Büroklamotten, Kür mit Pflicht, Trainerjob mit Tarifvertrag als Industrie-Kaufmann. Ich bin sehr zufrieden. Von Anfang an macht mir mein Job im Büro wieder Spaß.
Und ich tausche Zwang mit Freiheit, die unbezahlbar ist.
Klar, als ich meinen Rücktritt als Bundestrainer erkläre, sind ein paar Leute enttäuscht, besonders die Sportler. Aber ich habe versprochen, Kontakt zu halten und das machen wir auch. Aber andere wiederum freuen sich. Allen voran meine Kinder, die ich nun endlich wieder jeden Tag sehe – und auch meine Ringerkumpels vom Untermain. Es dauert nicht lang und ich übernehme im »Nebenjob« den Posten des hessischen Honorar-Landestrainers, aber nur mit maximal zwei Trainingseinheiten pro Monat. Und damit mir nicht »langweilig« wird, nicke ich auch, als mich mein Heimatverein Germania Dettingen fragt, ob ich denn nicht mal aushelfen könne, weil in der Staffel gerade Personalmangel herrscht. Naja, im Training bin ich ja immer, in der vierten Liga müsste ich doch...
Es ist ja nicht die große Bühne, sondern die kleine Schulturnhalle in Dettingen, in der ich schon mein Kindertraining ab-

solvierte. Aber es ist der letzte Kampf des Jahres 2012. In der Landesliga Hessen. Gegen den KSV Neu-Isenburg. Jetzt werde ich schon ein wenig nervös. Leute, ich bin 43 Jahre alt.
Ach, was soll's. Ich bereite mich akribisch vor, schließlich will ich mich nicht blamieren. Mein Konkurrent: Shamz Azizi, 21 Jahre alt. Meine Routine reicht aus, meine Form auch. Ich gewinne alle drei Runden vorzeitig überhöht und die dritte Runde bei 8:0 per Schultersieg. Die Schulturnhalle steht Kopf, die anschließende Weihnachtsfeier wird lustig. Irgendwie bin ich wieder ich. Alex, der Ringer. Ein hervorragendes Gefühl. Zu kämpfen. Seinen Körper zu spüren. Zu gewinnen.
Ja, ich habe gewonnen und meine Kinder haben mich das erste Mal bewusst live ringen gesehen. Wahnsinn. Nur ein paar Wochen später begleite ich meinen Junior Neo zu seinen ersten Bezirksmeisterschaften. Neo ist auch ein talentierter Sportler mit Spaß am Ringen geworden. Er ist jetzt sechs Jahre alt, ein aufgeweckter Knirps. Klein, schmächtig – er sieht mir schon ziemlich ähnlich, wie ich, mit fünf, sechs Jahren. Wie früher mein Vater mir, gebe ich Neo Ratschläge, wie und was er bei seinen ersten Titelkämpfen anstellen muss, um am Ende auf dem Siegerpodest zu stehen.
»Ringst du auch, Papa?« »Nö.« »Warum nicht?« Hm, warum eigentlich nicht? »Ich bin nicht angemeldet.« »Dann melde dich doch an.« »Das erlauben die doch nicht...« »Frag doch.«
Um Neos Wunsch zu folgen, frage ich bei der Wettkampfleitung halt mal nach. Ringerklamotten hab ich immer im Kofferraum meines Autos, und weil Michel Levebvre, der Bezirkschef der Main-Spessart-Ringer, sagt, »dann mach halt mal mit«, steige ich also mit Neo gemeinsam in den Wettkampf ein. Neo ist der Jüngste mit seinen knapp sechs Jahren, ich der Älteste mit knapp 44. Neo ist aufgeregt, ich noch mehr. Neo will mir natürlich

beweisen, wie gut er ringen kann, ich dagegen will Neo zeigen, dass ich auch in sportlicher Hinsicht ein Vorbild sein möchte.
Es läuft blendend: Am Ende des Tages posieren wir vor der familiären Kamera: Beide mit Medaillen um den Hals: Neo wird Dritter, ich besiege fünf Konkurrenten und gewinne die Bezirksmeisterschaft. Wenn ich ehrlich bin, freue ich mich fast so sehr wie beim Gewinn meiner Weltmeisterschaften.

Und wieder auf der Matte

In meinem Heimatklub Germania Dettingen werde ich nicht nur gefeiert, sondern auch gefragt, ob ich in der nächsten Saison nicht noch ein wenig aushelfen könne. Aus dem »Aushelfen« wird die komplette Runde, und weil ich keinen Kampf verliere, soll ich auch künftig die Ringerstiefel schnüren. Nach meinem ersten Rundenkampf 2013 steht Tim neben mir und ist mächtig stolz. Er hat vor Kurzem wieder angefangen zu ringen, und hat auch gewonnen an diesem Abend. Vier Kämpfe vor mir – in der gleichen Mannschaft. Mir kommen schon wieder fast die Tränen, weil ich mich urplötzlich an seinen vierten Geburtstag erinnere. Als ich bewegungslos im Krankenhaus lag und nach meinen Schlaganfällen nur schwor, wieder gesund zu werden, um mit meinem kleinen Sohn Tim wieder herumzutollen. Und jetzt stehen wir beide gemeinsam in dieser Halle, in der vor über 40 Jahren alles begonnen hat. Ich habe wirklich gewonnen...
Es reizt schon, zumal ich mir insgeheim wünsche, mal mit Tim und Neo in einer Mannschaft zu ringen. Eigentlich ist das ja unvernünftig. Aber mit reiner Vernunft hätte ich nie das erreicht, was ich bin: Ein glücklicher Mensch.
Ach, übrigens, Vernunft…

CRA

OBERTO

gorgeous

GUTSCHEIN
€ 5.000

BIER

Und jetzt auch noch Let's Dance

Durch meine sportlichen Erfolge, aber auch durch die Rückkehr ins sportliche Leben nach meinen Schlaganfällen bin ich ab und an ins Rampenlicht der Öffentlichkeit geraten. Da gibt es dann Anfragen für Interviews, Talkshows. Mir hat das immer Spaß gemacht, ich musste mich nie verstellen – und womöglich hat das bei einigen Leuten Eindruck hinterlassen. Bei einem Fernseh-Ausflug zum »Promi-Dinner« wurde ich Dritter mit einem leckeren Essen und 26 von 30 Punkten. So etwas ist nett, aber ich will halt gewinnen. Also habe ich später noch einmal mitgemacht. Leipold, der Ehrgeizige, hat dann auch wieder gesiegt…
Nach einem unterhaltsamen Auftritt beim Norddeutschen Fernsehen auf dem »Roten Sofa« zum Tag gegen den Schlaganfall kommt wenige Tage später plötzlich ein Anruf: Ob ich mir denn vorstellen könne, bei der RTL-Show Let‘s Dance mitzuwirken. Ich kann mir ja so einiges vorstellen, aber tanzen? Nee. Kann ich nicht.

Aber ich kann das lernen. Jeder Mensch kann Dinge lernen, die er vorher als völlig abwegig abgetan hat. Ich konnte das nach meinen Schlaganfällen am eigenen Leib verspüren. Ich habe wirklich und wahrhaftig gelernt, neu zu leben. Dagegen dürfte Tanzen doch ein Klacks sein.

Zumal ich in dieser Show auch die Gelegenheit beim Schopfe packen könnte, den Menschen zu zeigen, was nach einem

Schlaganfall möglich ist. Als Mutmacher bin ich gut. Als Tänzer bin ich's nicht. Und trotzdem haben sie mich genommen. Ist am Anfang ganz lustig. Das Kennenlernen der Mitstreiter wie Carmen Geiss, Alexander Klaws, Tanja Szewczenko, Larissa Marolt, Cindy Berger, Lilly Becker, Bernhard Brink, Dirk Moritz oder Patrice Bouedibela ist unterhaltsam, weil die Leute größtenteils sehr nett und gar nicht arrogant sind. Ja, und dann werden wir eingeteilt und unseren Tanzpartnern und -partnerinnen vorgestellt. Ich habe das Glück, mit Oana Nechiti tanzen zu dürfen. Das weiß ich aber noch nicht.

Ich lerne sie bei einem Ringertraining kennen: Die Tür geht auf, ein Kamerateam drängt sich hinein – und sie kommt in einem Ringertrikot rein und grinst. Tolle Inszenierung.

Oana Nechiti ist eine bildhübsche, intelligente und supernette Frau, die sich gleich mit Juliana gut versteht. Vor allem aber ist sie hochprofessionell und als Trainerin, Choreografin und Tanzpartnerin nicht gewillt, sich mit mir zu blamieren. Und da beginnt auch schon das Problem…

Also, wer glaubt, diese Unterhaltungssendung sei eine nette Show für die Teilnehmer, der sollte schleunigst mal umdenken. Über zehn Stunden am Tag wird trainiert. Auch wenn sich das doof und ein wenig makaber anhört, aber im Grunde genommen ist das Training zur Show für mich so wie nach meinen Schlaganfällen. Ich muss alles komplett neu lernen.

Nach meinen Schlaganfällen ging es um sprechen, um selber essen, trinken und sich anziehen. Es ging um Laufen lernen und um Motorik. Theoretisch wusste ich ja alles, aber praktisch war es eine Tortur, bis ich alles wieder beherrschte.

Beim Tanzen mit Oana merke ich schnell, dass ich gar nichts beherrsche. Ich weiß nicht, welche Haltung ich einnehmen muss, ich weiß nichts, aber mal gar nichts.

Die ganzen Bewegungsabläufe eines Ringers sind komplett konträr zu denen eines Tänzers. Jeden Schritt, jede Regung muss ich komplett neu erlernen. Das geht ja noch. Aber alles im Takt der Musik – ich habe in dieser Hinsicht Nullkommanull Talent – und das noch mit einer Partnerin. Neee, das lerne ich nie.
Na gut, meint Oana, dann trainieren wir das halt. Knapp vier Wochen haben wir Zeit, fit für die Show zu werden. Sorry, nur vier Wochen und höchstens 50 Stunden habe ich Zeit, fit für die Show zu werden, denn Oana ist mehr als fit. Wir beginnen in der Aschaffenburger Tanzschule Alisch am Morgen gegen zehn Uhr. Täglich. Wir hören erst auf, als die Schritte sitzen. Das ist dann wegen meines mangelnden Talents so gegen 12 – aber in der Nacht. Ich nehme Urlaub, um von einem Ringer zu einem Tänzer fürs Fernsehen zu werden. Nach wenigen Übungsstunden packt mich der Ehrgeiz. Wenn ich etwas mache, dann richtig. Also Ferse vorsetzen, die Beine erst dann, wenn sie auseinander sind, nachsetzen, Oberkörper stark halten, Arme stark halten – ich träume davon, Tänzer zu sein und entferne mich vom Ringen, dem Gewohnten, den Automatismen. All das, was ich jetzt machen muss, ähnelt stark meinen ersten Gehversuchen nach den Schlaganfällen.
Irre, wie viele Muskeln ein Ringer hat, die er bislang nie benutzt hat.
Ich glaube nun nicht, dass ich ein besonderer Mensch bin, aber ich weiß, dass ich besonders ehrgeizig bin. Auch wenn ich ahne, dass es aussichtslos ist: Ich will dieses Ding gewinnen. Keine Ahnung, ob die anderen in dieser Show tanzen können – ich will immer gewinnen.
Ich bemerke das Kamerateam, das uns auf Schritt und Tritt begleitet, längst nicht mehr. Ich bin im Tunnel wie vor einer Ringermeisterschaft.

Tja, und dann kommt wirklich die erste Show. Meine Mitstreiter sind ganz schön nervös. Ich nicht, ich freue mich einfach ins Scheinwerferlicht zu treten und zu zeigen, was ich in 50 Stunden gelernt habe. Oana ist eine großartige Lehrerin, die mir nicht nur Schrittfolgen und Choreografie eingeimpft hat, sondern auch Selbstbewusstsein: Sie sagt, dass es für die Show reicht – und so muss ich auch nicht nervös sein.
Dass es in der ersten Show so sensationell läuft, hätte ich aber nicht mal in meinen kühnsten Träumen erwartet. Zweiter Platz für mich, der sich vorher versteckt hat, wenn es ums Tanzen ging. Ich bin stolz wie Bolle.
Selbstverständlich weckt diese »Ehrung« vor einem Millionenpublikum meinen Kampfgeist und meinen Ehrgeiz. Oana ist gleichfalls angesteckt – wir trainieren nun noch härter. Ich verwende weitere Urlaubstage und nehme Stunden von meinem Gleitzeitkonto, da wir jetzt für jede Liveshow nur von Sonntag bis Mittwoch Zeit haben, um einen neuen Tanz bzw. zwei Tänze zu erarbeiten und zu erlernen. Jeden Tag begleitete uns dabei ein Kamerateam. Auch wenn ich all die Stunden, die ich nunmehr zusammen mit Oana Nechiti in der Tanzschule verbringe, nachholen werde – ohne die Unterstützung meine Kollegen im Büro hätte ich das alles vergessen können. Um es kurz zu machen: Die Arbeit, ja, Tanzen kann richtige Arbeit sein, lohnt sich, ich bin vier weitere Live-Shows dabei, ehe mich die Jury rauswählt. Beim Finale konnte ich mich nochmals mit meinem Lieblingstanz »Langsamer Walzer« auf das Lied »Applaus, Applaus« vom Publikum verabschieden. Enttäuscht bin ich keineswegs, zumal ich neben den genialen Eindrücken vor der Kamera auch zwei weitere Siege feiern darf: Einmal kann ich Werbung für meinen Sport betreiben, zum anderen kann ich für die Schlaganfall-Hilfe sammeln, durch die »Fluchkasse« von Carmen Geiss und

anderen Aktionen. Und allein dafür lohnt sich schon der ganze Aufwand!

Jenen Aufwand werde ich auch weiterhin betreiben – ob im Privatleben, auf der Ringermatte, bei Motivationsvorträgen, als Gemeinderat, in der Öffentlichkeit, bei Benefizaktionen wie der Tour der Hoffnung, Menschen für Kinder (beides zugunsten krebskranker Kinder), als Botschafter der Stiftung Deutsche Schlaganfall-Hilfe, Fit in Fairplay, einer Benefizaktion der Malteser, oder der Aktion »RESPEKT« – kein Platz für Rassismus. Weil ich in all den Jahren gelernt habe, niemals aufzugeben. Denn wer kämpft, kann verlieren, aber wer nicht kämpft, hat schon verloren.

Charity

Alexander Leipold ist 2013 mit dem Bundesverdienstkreuz am Bande der Bundesrepublik Deutschland geehrt worden. Neben seinen sportlichen Erfolgen war vor allem sein großes Engagement im sozialen Bereich Grund für die Verleihung. In dem Begründungsschreiben hieß es dazu: »Sie haben sich hierbei auszeichnungswürdige Verdienste um das Gemeinwohl erworben. Sie sind ein leuchtendes Beispiel für soziales Engagement in unserer Gesellschaft.«

Sein persönliches Engagement trägt auch zum Gelingen vieler sportlicher Veranstaltungen bei, in denen Spenden für verschiedene wohltätige Zwecke gesammelt werden. Er unterstützt damit die Vereine ›Round Table Children's Wish e.V.‹, ›Menschen für Kinder e.V.‹ und die ›Tour der Hoffnung‹. Diese Vereine helfen vor allem leukämiekranken und behinderten Kindern. Daneben ist er Botschafter der Initiative ›Respekt! Kein Platz für Rassismus‹, die sich dem Kampf gegen Rassismus auf Sportplätzen verschrieben hat.

ZURICH
Fit in Fair Play
FiFP

ADAMSKI
12
TEAM GOLD
unitymedia

BVB 09
EVONIK

EVONIK

truphone
www.volkswagen-frankfurt.de
Betrieb Hanau

PAFFEN SPORT

KÜSTER
ZEISS
Hermann
Hofmann
Gruppe
schneider
SPORTS
TransPak
WOHNKAUF
ZELLER
krone
AMADEUS
GROUP
KAPS
SPORT & MODE
AGILOS OCS
Kurz
Leica
KATIC

Respekt!
Kein Platz für Rassismus
www.respekt.tv

taxofit
SWG

LAZER

taxofit
VITAMINE + MINERALIEN
SWG
MERCK SERONO
SARSTEDT
KNAUF

fit
MERCK SERONO
SWG
KNAUF

OFFNUNG
ŠKODA
taxofit
ŠKODA
adsports

20.
TRIATHLON

FACKELMANN

Eine Ringer-Trilogie

Von Wolfgang Nitschke

Ringen ist ein Stück von mir. Also sind es auch sinnbildlich die Ringkämpfer, mit denen ich ein Leben lang zu tun hatte. Immerhin wurde ich 1947 in einer Turnhalle geboren. Kein komfortabler Start ins Leben, dafür aber in unmittelbarer Nähe zur Ringermatte meines späteren Vereins mit dem interessanten Namen »Traktor«.

Von da aus staffelte sich mein Werdegang über die Meisterklasse in Leipzig bis zu Olympia 1972. Nach erfolgreichem Hochschulstudium begann meine Trainerkarriere.
Von der Pike auf, wie man so schön sagt.

Kindertraining, Jugend, Junioren, danach Nationaltrainer in der DDR und Bundestrainer im wiedervereinten Deutschland. Eine spannende, eine aufregende Zeit. Danach bis zu den Olympischen Spielen 2008 in Peking Nationaltrainer in China. Die von mir betreuten Ringer erkämpften 115 internationale Medaillen bei Olympischen Spielen, Weltmeisterschaften, Europameisterschaften und fünf Medaillen bei Asienmeisterschaften. Hinter jeder dieser Medaillen steckt meistens auch eine besondere Geschichte. In dieser weltweit betriebenen Kampfsportart ganz oben zu stehen, ist eine großartige Leistung. Ich glaube, nur Insider können das erkennen und werten. Ansonsten würden ja die Medien auch im Ringen von »Helden und Göttern« berichten. So, wie bei den Fußballweltmeistern von 2014...

Jeder meiner Weltklasse-Ringer war wie ein kleines Kunstwerk. Untereinander nicht vergleichbar. Ihre individuellen (Sieg)-Fähigkeiten und Fertigkeiten waren total unterschiedlich. Ebenso ihr Charisma völlig ungleich, beeindruckend stark. Ehrgeiz, Zielstrebigkeit und Siegeswille, auf höchstem Level. Ein ganz besonderes Beispiel dafür war Alexander Leipold.

Ich erwähne das deshalb, weil es für einen Coach das Wichtigste ist, diese oft kompliziert agierenden und reagierenden Typen zu entwickeln und zu lenken. Ohne dabei die Teamstruktur in der Nationalmannschaft zu verletzen. Und weil für mich Alexander Leipold in der Liste dieser Ringkampfpersönlichkeiten ganz oben steht. Er hat all das erreicht, wonach tausende Ringer der Welt streben. Er war Olympiasieger, Weltmeister, Europameister. Drei leicht geschriebene Meistertitel, geprägt aber von Schweiß und Tränen.

Den ersten großen Tiefschlag bekam er fast am Ende seiner faszinierenden Laufbahn. Es waren die bis heute nicht erklärbaren Folgen auf seinen Olympiasieg in Sydney 2000.

Also, der Reihe nach.
Die Vorbereitungen auf diese, seine vierten Olympischen Spiele verliefen aus methodischer Sicht eigentlich katastrophal: Verletzung zu Beginn des Olympiajahres, Operation, Zeitmangel. Mit der ihm eigenen Energie, mit exzellenter physiotherapeutischer Betreuung und mit methodischem Geschick gelang es, dass Alexander körperlich und geistig fit zu den Olympischen

Spielen fliegen konnte. Qualifiziert hatte er sich bereits durch die WM-Silbermedaille von 1999.
Kurz vor dem Abflug stand noch einmal die WADA (Internationale Anti Doping Agentur) in der Trainingshalle des Bundesleistungszentrums Hennef zum Dopingtest.
Alexander war als erfolgreichster Ringer in der damaligen Nationalmannschaft der wohl am häufigsten getestete Athlet. Nun also nochmals, mit dem Hinweis, dass mit dem Einzug ins Olympische Dorf jeder Teilnehmer zu jeder Zeit zum Dopingtest beordert werden kann. Übrigens, der Befund von Hennef lautete wie immer »negativ«.

Im Olympischen Turnier der Gewichtsklasse bis 76 kg waren die Gegner von Alexander allesamt Weltklasse. Für ihn kein Problem, jedenfalls nicht erkennbar.
Er folgte immer der Weisheit: »Wer Erster werden will, muss sowieso gegen jeden Gegner gewinnen.« So war es dann auch.
Als sein jahrelanger ärgster Gegner aus Russland, Buvaisar Saitiev, gegen den Amerikaner Brandon Slay verlor, sah ich so etwas wie ein Blitzen in den Augen von Alex. Ohne es auszusprechen, war ihm klar, dass damit der Weg zum größten sportlichen Ziel etwas »freier« geworden war. Und natürlich auch mir.
Alex kämpfte sich von Sieg zu Sieg. Zweimal umstritten und mit anschließenden harten Protestverhandlungen. Immerhin hatte Alex gegen einen Russen gewonnen, der für Mazedonien kämpfte und gegen einen Koreaner. Beide Länder hatten einflussreiche Funktionäre im Weltverband. Besonders während der Protestverhandlung gegen Korea schlotterten mir die Knie, wissend um die Sponsoringaktivitäten koreanischer Firmen für den Weltverband. Es ging immerhin um den Einzug ins Olympische Finale. Mit dem Schlusspfiff hatte Alex eine sei-

ner gefürchteten Kontertechniken angewandt und nach einem 0:1 Rückstand sensationell mit 3:1 Punkten gewonnen. Die Protestkommission der FILA (Fédération Internationale des Luttes Associées – Internationaler Ringer-Verband) wertete das auch als eine korrekte Entscheidung. Nach diesem Urteil waren wir zurückhaltend glücklich. Fast Mitternacht fuhren wir ganz allein mit dem letzten Bus in das olympische Dorf. Es fiel kein Wort, obwohl klar war, Alex hatte Silber! Ich bat den Busfahrer, kurz zu stoppen und wir genossen wortlos ein prächtiges olympisches Feuerwerk über Sydney.

Alexander stand nun vor der größten Herausforderung seiner Laufbahn. Er wusste, dass er eine reelle Chance hatte. Nur nicht darüber sprechen. Nicht vor dem Schlafen gehen. Die taktische Einstellung hatte Zeit bis morgen.

Nach drei Jahrzehnten Trainertätigkeit fühlte ich, dass Alexander vor dem Olympiasieg stand. Sein Gegner, der Amerikaner, nicht besonders groß, aber Muskeln wie aus Granit gemeißelt, ein Klotz, ein totaler Kämpfer. Ich setzte deshalb auf die spezifischen Fähigkeiten von Alexander, die ihn in der Ringerwelt so berühmt machten. Seine Geschmeidigkeit und Cleverness, die Spezialtechniken zum Auskämpfen von Situationen. Gepaart mit Nervenstärke würden sie ihm zum Sieg verhelfen. Da war ich ziemlich sicher.

Derart optimistisch habe ich mich vor dem Kampf und gegen meine sonstigen Prinzipien zum ARD -Reporter geäußert. Das erste Mal gab ich eine so klare Prognose. Es war keine Überheblichkeit. Es war »sachlicher Glaube«. Wenn es so einen Begriff denn geben sollte. Natürlich auch ein wenig Zweckoptimismus.

Das Finale war bereits vor Beginn spannend. In der Trainingshalle begann mit der Aufwärmphase ein Psychostreifen erster Klasse. Der Amerikaner rannte, sprang und kämpfte bereits

über eine Stunde vor Kampfanpfiff auf der Trainingsmatte. Alex erschien mit einer erschreckenden Gelassenheit und hatte noch nicht einmal seine Ringerschuhe an. Was dann kam, war »Krieg«. Alex legte sich in eine Ecke und unterhielt sich mit uns. Ich musste mich zusammenreißen, um locker zu bleiben, da ich innerlich sehr angespannt war. Aber sicher nicht so doll, wie der Amerikaner. Der schaute immer wieder verstohlen auf Alex, der an seiner Wasserflasche nippte und sich noch einen Müsliriegel in den Mund schob. Ich wusste genau, was in ihm vorging. So ein cooler Hund – dachte ich.
Dann setzte er sich im minimalen Zeitpunkt zum offiziellen Aufruf in Bewegung. Ohne hektische Bewegungen, sondern nur ruhige Erwärmung der großen Gelenke und danach kurze schnelle Technikimitationen. Das war es dann. Die amerikanischen Trainer beobachteten alles aus den Augenwinkeln. Chefcoach Bruce Barnett kannte ich aus vielen Begegnungen. Er wirkte entgegen sonstiger Zeiten ziemlich aufgeregt und blass. Meinen äußeren Zustand hat mir noch keiner geschildert, aber er war wohl ähnlich.

Endlich der Aufruf! Einmarsch und Beginn.

Trotz gebrochener Nase aus den Vorrunden gab es noch die obligatorische klatschende Ohrfeige vom Trainer, die Alex immer vor wichtigen Kämpfen forderte, um hellwach und aggressiv zu sein.
Der Verlauf des Kampfes in der ersten Runde war ausgeglichen, 0:0. Taktische Manöver eines Finalkampfes. Mit Beginn der zweiten Runde angeordneter Clinch. Der Amerikaner war absolut nervös, erhielt Verwarnungen wegen regelwidrigem Verhalten. Die 2:0 Führung für Alex. Dann Bodenrunde. Alexander wehrte sich in der Unterlage erfolgreich.

Auch Brandon Slay musste in die Bodenlage und befreite sich mit einer regelwidrigen Aktion. Dafür ein Punkt an Deutschland. 3:0 Führung! Die Halle stand Kopf. In der amerikanischen Ecke aber unglaubliche Fassungslosigkeit. Nach panischen Beinangriffen des Amerikaners setzte Alexander mit gewohnter Präzision seine gefürchtete Kontertechnik an. 4:0. Der Olympiasieg! Der Schlusspfiff nach sechs Kampfminuten löste unendliche Freude aus, Stolz, Genugtuung und Glücklichsein. Händeschütteln, Schulterklopfen, Umarmungen, Freudentränen und Dankbarkeit. Alexander hatte sein Ziel erreicht. Ich war sehr glücklich für und mit ihm. Auch für mich fühlte sich der Olympiasieg an, wie ein vollendetes Lebenswerk. Von Weitem beobachtete ich die Siegerehrung und genoss den Augenblick der Deutschen Nationalhymne. Es folgten drei Tage Glückseeligkeit.

Im Olympischen Dorf bereiteten wir uns auf eine, schon vor den Spielen geplante, Urlaubsreise mit der Nationalmannschaft vor. Wir wollten nach zehn sehr erfolgreichen Jahren einen kollektiven Höhepunkt schaffen. Die Freude war groß, die gemeinsame Feier zum Olympiasieg stand bevor. Außerdem wollte ich mich bei der gesamten Mannschaft bedanken. Die Koffer waren gepackt. Doch dann wackelte auf einmal meine Welt.

Ich wurde in das Gebäude der Mannschaftsleitung gerufen. Aha, dachte ich, jetzt bekommst du bestimmt noch eine offizielle Gratulation. Fröhlich und gut gelaunt öffnete ich die Tür, schaute in düstere Gesichter und hörte dann diesen schrecklichen Satz von NOK (Nationales Olympisches Komitee für Deutschland) Generalsekretär Heiner Henze:
»Wir wurden vom IOC informiert, dass von Alexander Leipold ein positiver Dopingbefund vorliegt.«

Es ist schwer zu beschreiben, was in mir vorging. Es fühlte sich an wie eine Todesnachricht. Unfassbar. Mir war zum Brechen übel und ich weiß nicht, wie ich in unser Quartier gelangte. Als ich meine Lebensgeister wieder spürte, nahm ich sofort Kontakt mit Alexander auf.
Was dann folgte, beschreibt er ausführlich und besser als der Trainer. Ich empfand tiefes Mitgefühl mit ihm. Ich bin bis heute felsenfest von seiner Unschuld überzeugt. Die Wegnahme seiner Goldmedaille war ein juristisches Unrecht. Die Analyse der Ereignisse, auf der Grundlage einer vierzehnjährigen erfolgreichen Zusammenarbeit, erlaubt mir diese persönliche Bewertung.
Für mich ist Alexander Leipold Olympiasieger bei den Spielen 2000 in Sydney.
Seine Kinder, seine Familie, seine Freunde, Trainer und Betreuer von Kindesalter an, bis zum Olympiasieg, können für immer stolz auf ihn sein! So, wie ich es bin.

Nach einer »Odyssee« von persönlichen Ereignissen, juristischen, medialen und verbandsinternen Auseinandersetzungen überstand Alexander dieses Trauma.
Bereits 2001 durfte er bei der WM in Sofia wieder starten. Ich konnte ihn ab 2002 wieder direkt betreuen. Das olympische Ereignis saß noch tief in seiner Seele.
Ich spürte das bei allem, was er tat.

Auch wenn er 2002 in Spokane (USA) beim Weltcup den 3. Platz, bei der EM in Ankara den 6. und bei der WM in Teheran den 10. Platz belegte. Alex war nicht mehr Alex. Erst mit der Erkämpfung der Silbermedaille bei der EM 2003 in Riga spürte ich: Jetzt, jetzt ist Alexander Leipold wieder da! Nun werden wir gemeinsam angreifen. Die Vorbereitung auf

die WM in New York stand an. Und ein Trainingslager mit der Weltspitze.
Also auf zum Training nach Usbekistan. Im Ringerzentrum Taschkent: Top Training, top Trainingspartner, top Leistungen. Dann der Beginn einer ungeahnten unheilvollen Entwicklung. Sie begann mit einem Kribbeln in Hand und Arm. Eine klare Diagnose war nicht möglich. Aus dem Gefühl heraus und in telefonischer Abstimmung mit unseren Ärzten in Deutschland sowie vor Ort mit dem besorgten Physiotherapeuten Reinhardt Trageser, entschieden wir uns zum sofortigen Heimflug für Alexander. Trotz totaler Ausbuchung der damals spärlichen Flüge nach Deutschland organisierten unsere usbekischen Gastgeber den Rückflug. Gott sei Dank! Eine Verzögerung des Aufenthalts hätte fatal sein können.
Als Alex' Ehefrau Juliana mich dann aus der Heimat in Taschkent telefonisch völlig fassungslos über seinen Zustand und die Schlaganfälle informierte, war auch ich total am Boden. Ich höre sie noch weinen und flüstern: »Was habe wir getan, dass uns Gott so bestraft?«
Die Welt blieb für mich plötzlich stehen und eine Zeit lang war ich nicht fähig, meine Mannschaft über das Unglück zu informieren.

Wieder zu Hause.

Meine Frau Rita hatte noch die Erlebnisse von 2000 in Erinnerung und musste nun erneut einen völlig fertigen Mann in Empfang nehmen.
Wir fuhren sofort ins Krankenhaus nach Würzburg, um Alexander zu besuchen, und standen vor der Tür zum Patientenzimmer »Alexander Leipold«.
Ich fürchtete mich vor dem Augenblick des Wiedersehens. Rita

fasste mich an der Hand. Sie wusste um meine innere Haltung zu Alexander.
Es ist nicht immer einfach für eine Trainer-Ehefrau, wenn Sportlerprobleme den Familienalltag beeinflussen.
Dann sah ich ihn und konnte die angehaltene Luft durch die zusammengepressten Lippen herauslassen: Alex bewegte sich, lächelte und saß »einfach so« im Bett.
Die Medikamente haben ihn wohl etwas dicker werden lassen, aber ich war sehr erleichtert, ihn so zu sehen.
Dank der guten Behandlung und Rehabilitation verlief alles sehr gut. Unglaublich, was die Ärzte, die Therapeuten und Alexander in dieser Zeit alles geschafft haben.
Sein enormer Wille, wie schon zu Beginn meiner Trilogie erwähnt, gepaart mit medizinischer und physiotherapeutischer Präzision, hat Alexander Leipold wieder aufgerichtet!

Damit setzt sich unsere gemeinsame Reise in ungeahnte Erlebnisse fort.
Im Glauben, dass die Führung des deutschen Sports die langjährig stabilen, sportlichen Leistungen eines Alexander Leipolds anerkennen würden und seine vollständige Genesung mitfeierten, entwickelten wir einen kühnen Plan. Er hieß:
Teilnahme an den Olympischen Spielen 2004 in Athen.

Manche, nein, fast alle Bekannten, Trainerkollegen und Freunde erklärten uns für »verrückt«. Sicher war das eine Feststellung mit realem Hintergrund. Verrückt waren wir schon.

Verrückt auf den Moment der Wiederkehr auf die Ringermatte und auf den Beweis, dass Alexander nicht auf Dopingmittel angewiesen ist. Nicht einmal nach drei Schlaganfällen. Zugleich wollten wir damit auch ein Hoffnungszeichen für andere vom Schlaganfall betroffene geben. Das war von Beginn an der ausdrückliche Wunsch von Alexander gewesen und eine gewaltige Motivation!

Nun galt es, die Qualifikation für die erneute, seine fünfte Olympiateilnahme zu erreichen. Eine erfolgreiche Teilnahme an den Qualifikationswettkämpfen war aus zeitlichen und methodischen Gründen nicht möglich. Aufbautraining war jetzt notwendig, ohne Turniere, die in dieser Zeit im internationalen Wettkampfkalender standen. Es erschien sowieso schon wie ein kleines Wunder, in der kurzen Zeit wieder ringen zu können.
Trotzdem – der Weg zu Olympia war also nur mit einer Wildcard des Weltverbands und das IOC (Internationales Olympisches Komitee) möglich. Sportmethodisch schien es seinem Heimtrainer Gerhard Weisenberger und mir realistisch, Alexander wieder auf Olympianiveau zu bringen.
Also entwickelten wir zielgerichtete Aktionen, um ein Sonderstartrecht für Alexander zu erhalten. Der Weltverband FILA signalisierte nach persönlicher Anfrage bei Präsident Raphael Martinetti Unterstützung. Er erkannte den Hintergrund und setzte sich für die Wildcard ein. Daraufhin forderte das IOC folgerichtig die notwendigen Stellungnahmen durch das deutsche NOK und den nationalen Sportverband. Die Erledigung dieser wichtigen formalen Maßnahmen wurde uns von beiden Verantwortungsbereichen vollmundig zugesichert. Wir waren also optimistisch.
Alexander trainierte immer härter und erfolgreicher. Die EM-Teilnahme 2004 brachte zwar noch nicht den großen Erfolg (9. Platz), aber immerhin große internationale Beachtung. Auch in der Ringerhochburg Russland erschien ein bemerkenswerter Artikel über Leipolds Rückkehr nach den Schlaganfällen.

Bald danach wurde Alexander Turniersieger im russischen Kaliningrad und erhielt die Auszeichnung »Bester Kämpfer«. Ich wusste, jetzt ist er wieder »reif« für Olympia.

Dennoch gab es keine Wildcard!
Die dafür notwendige nationale Unterstützung fand nicht statt! Die Anträge des NOK an das IOC wurden nicht gestellt! Auch der DRB (Deutscher Ringerbund) unternahm nichts! Große Worte verliefen im Sand. Der dritte Niederschlag für Alex war damit bittere Realität.

So wurde also einer der erfolgreichsten deutschen Kampfsport-Athleten, Alexander Leipold, fallen gelassen. Und seine außerordentliche, beispielgebende humanitäre Aktion für den Sport einfach ignoriert.

Schade, dass Alexander Leipold »nur ein Ringer« ist.

Der Schlaganfall aus ärztlicher Sicht

Von Prof. Dr. med. Stefan Hesse
Chefarzt Neurologie | Klinik Medical Park Berlin Humboldtmühle

Jedes Jahr erleiden rund 250.000 Menschen einen Schlaganfall, das bisher gewohnte Leben kann sich von einer Minute zur anderen plötzlich ändern. Eine Halbseitenlähmung, Einschränkungen der Sprache und des Denkvermögens können zu bleibenden Behinderungen im täglichen Leben führen, sei es, dass man auf Hilfe zum Beispiel beim Anziehen, Waschen und Essen angewiesen, nicht mehr sprechen oder sich nur noch im Rollstuhl fortbewegen kann. Der Schlaganfall, die Akuttherapie auf der Stroke Unit, die neurologische Frührehabilitation, die Versorgung zu Hause und die Sekundärprophylaxe (ein erneutes Ereignis soll verhindert werden) besitzen somit eine große gesundheitspolitische Relevanz.

In den letzten Jahren wurden in Deutschland große Anstrengungen (unter anderem von der Stiftung Deutsche Schlaganfall-Hilfe) unternommen, um die Bevölkerung über erste Warnsymptome und die sofortige Inanspruchnahme von professioneller Hilfe mit dem Slogan: »time is brain« zu informieren. Ein plötzlicher Sehverlust eines Auges, eine halbseitige Schwäche und ein plötzlicher Verlust der Sprache können zwar im Sinne einer transienten ischämischen Attacke (TIA) sofort wieder verschwinden, dennoch sollte ärztliche Hilfe rasch in Anspruch genommen werden, um einem endgültigen Schlaganfall mit bleibenden Schäden vorzubeugen.

Sollten die Symptome anhalten, muss der Notarzt mit dem Verdacht auf einen akuten Schlaganfall sofort verständigt werden, der dann gegebenenfalls die notfallmäßige Einweisung auf eine sogenannte »Stroke Unit« veranlasst. Es handelt sich um eine zertifizierte Abteilung unter neurologischer Leitung, die sich auf die Akutbehandlung von Schlaganfällen spezialisiert hat. Eine sofortige Bildgebung des Gehirns, eine Dopplersonografie der hirnversorgenden Gefäße und eine umfassende medizinische Abklärung sollen entscheiden helfen, ob eine sogenannte systemische Lysetherapie zur Auflösung von Blutpropfen in der Gefäßbahn des Gehirns angezeigt ist. Die häufigste Ursache eines Schlaganfalls ist die Verstopfung eines Gefäßes des Gehirns mit einer daraus resultierenden mangelhaften Blutversorgung (Ischämie) davon abhängiger Gehirnareale. Ursächlich können ein abgelöster Thrombus (kleiner Blutkuchen) von Ablagerungen in der Gefäßinnenwand der hirnversorgenden Gefäße oder ein Thrombus in der Herzinnenwand bei Vorhofflimmern sein, die beide mit dem Blutstrom in das Gehirn eingeschwemmt werden. Die Lysetherapie ist ein positiv evaluiertes Verfahren, dass das sogenannte Outcome nach einem ischämischen Schlaganfall verbessert und möglichst rasch, also innerhalb der ersten drei Stunden nach dem Akutereignis, erfolgen sollte. Berliner Forscher haben sogar einen Notarztwagen (Projekt Stemo) entwickelt, in dem alle für die Lyse erforderlichen Diagnostikschritte einschließlich Computertomografie des Gehirns im Wagen erfolgen können, wodurch die Zeit bis zum Beginn der Lyse weiter reduziert werden konnte. Andere Ursachen eines Schlaganfalls sind unter anderem die intrakranielle Blutung des Patienten mit einem langjährigen arteriellen Hypertonus oder aus einer von Geburt angelegten Gefäßausstülpung (intrakranielles Aneurysma) oder die Verstopfung von Hirnvenen, die Sinusvenethrombose.

Weitere Inhalte der Stroke Unit sind unter anderem die engmaschige Kontrolle des Blutzuckers, des Blutdrucks, der Körpertemperatur (alle drei Parameter müssen in engen Grenzen kontrolliert werden) und des Elektrokardiogramms, insbesondere zur Erkennung eines Vorhofflimmerns. Die Neurochirugie wird tätig, wenn ein Teil des Schädeldaches zur Druckentlastung entfernt werden muss. Höchst relevant ist auch eine früh einsetzende Physiotherapie und Logopädie, um den Patienten möglichst rasch aus dem Bett zu mobilisieren und eine Schluckstörung mit Gefahr der Lungenentzündung zu therapieren. Auch gilt es, die Sekundärprophylaxe bereits einzuleiten, am häufigsten notwendig sind eine gute Einstellung des arteriellen Blutdrucks, des Blutzuckers, des Gewichts verbunden mit Hinweisen auf eine ausreichende körperliche Aktivität und die Gabe von Blutverdünnern.

Rund ein Drittel der Patienten kann sofort nach Hause zurückkehren, bleibt der Patient schwerer betroffen, so sollte sich eine neurologische Frührehabilitation anschließen. Neben der weiteren ärztlichen Betreuung einschließlich der Optimierung der Sekundärprophylaxe gilt das Hauptaugenmerk auf die multiprofessionelle Therapie der Aktivitäten wie Gehen, Greifen, Denken und Sprechen sowie der Förderung der Teilhabe. Die erfolgreiche Therapie von Gelenkschmerzen, der Spastik, der Depression, von cerebralen Anfälle, der Unterstützung des Patienten und seiner Angehörigen in der Bewältigung des Schicksalsschlags und die gemeinsame Planung der weiteren Versorgung zu Hause dienen unter Berücksichtigung der Lebensumstände des Patienten der Förderung von Aktivitäten und der Teilhabe. Die meisten Patienten eint der Wunsch, wieder gehen und möglichst selbstständig nach Hause zurückkehren zu können. Auch sind die wissenschaftlich orientierten Ärzte aufgefordert, die Strukturen, Abläufe und Methoden der Rehabilitation zu optimieren. Die multiprofessionelle neurologische Rehabilitation lebt von einem hohen Organisationsgrad und fortwährender Neuentwicklungen. Beispiel der letzten zwei Jahrzehnte sind die robotergestützte Rehabilitation, deren Wert eine Vielzahl an kontrollierten Studien bestätigen konnte, und jüngst die nicht-invasive Hirnstimulation, unter anderem mittels der transkraniellen Galvanisation oder der repetitiven Magnetstimulation. Klinische Studien überprüfen derzeit deren Effektivität. Medical Park engagiert sich in der Weiterentwicklung der neurologischen Rehabilitation in der Einrichtung von Stiftungsprofessuren an den Universitäten Charité – Universitätsmedizin Berlin und Erlangen und der Förderung von aktuellen Studien zur Robotik und der Hirnstimulation nach Schlaganfall.

Kehrt der Patient erfolgreich nach Hause zurück, so übernehmen der niedergelassene Kollege und Therapeuten die weitere Versorgung des Patienten, neue Ansätze sind dabei die Einrichtung von zentralen Anlaufstellen, zum Beispiel Servicepunkt Schlaganfall im Rahmen der Berliner Schlaganfallallianz, gemeindenahe Versorgungskonzepte und für ländliche Regionen die sogenannte Telerehabilitation.

Zusammenfassend ist der Schlaganfall und seine Therapie, nicht nur akut, sondern auch mittel- und langfristig, eine große ärztliche Herausforderung, der sich immer mehr Kollegen mit großer Begeisterung zum Wohle der ihn anvertrauten Patienten stellen.

Weggefährten

Markus Rill

Jugendfreund

Ich kenne Alexander seit wir beide etwa acht und neun Jahre alt waren. Seinen unbändigen Ehrgeiz und seine Zielstrebigkeit habe ich immer bewundert. Es gab damals in unserem Verein eine Reihe talentierter Ringer mit Träumen von Weltmeisterschaften und Olympischen Spielen. Nur Alex hatte die Willenskraft, diesen Träumen alles unterzuordnen, nur deshalb hat er diese großen Ziele erreicht. Kurz nach seinen Schlaganfällen habe ich ihn im Krankenhaus besucht. Seine Motorik und seine Artikulation waren beeinträchtigt, doch er strahlte sogar im Krankenbett Zuversicht und Unbeugsamkeit aus. Mit der gleichen Willenskraft und Leidenschaft, mit der er seine großen sportlichen Ziele verwirklichte, hat er sich nach den Schlaganfällen zurück ins Leben und zu beeindruckender körperlicher Fitness gekämpft. Mit über 40 stand Alexander wieder auf der Matte und hat um Jahrzehnte jüngere Gegner besiegt. Alexander Leipold ist ein Vorbild für jeden Sportler und für jeden Erkrankten. Er hat den Optimismus, den Mut und den Ehrgeiz eines Champions.

Kurt Beck

Ministerpräsident a.D.
Vorsitzender der Friedrich-Ebert-Stiftung

Die Idee, ein Buch herauszugeben, um anderen Menschen zu helfen, finde ich bemerkenswert und vorbildlich. Für dieses Projekt wünsche ich Dir gutes Gelingen und recht viel Glück! Dir persönlich wünsche ich die Stärke und den Mut, die es braucht, um die Herausforderungen des Lebens anzunehmen und notwendige Veränderungen willkommen zu heißen.

Rainer Kamm

Ringertrainer

Ich war Trainer im Stützpunkt Halle (Saale) und habe Alex das erste Mal bewusst bei einem gut besetzten internationalen Juniorenturnier in Halle 1987 wahrgenommen. Dort hat er gegen unseren amtierenden Jugendweltmeister Andre Backhaus einen furiosen Finalkampf geliefert, den Andre denkbar knapp, vielleicht auch mit ein wenig Heimvorteil für sich entschieden hat. Zwei Jahre später hat er Andre bei den Juniorenweltmeisterschaften besiegt und ist Weltmeister geworden. Damals fiel mir Alex schon mit seinem Talent (im Gegensatz zu seiner Ringerfigur) auf. Seit der Wiedervereinigung war und bin bis heute Assistenztrainer der Nationalmannschaft, und habe Alex bei fast allen internationalen Meisterschaften und Lehrgängen begleitet. Ich war live dabei, als er »Olympiasieger« geworden ist, und war dabei, als er seinen Schlaganfall in Taschkent erlitten hat. Ich war auch dabei, als er wieder erfolgreich versucht hat, nach seiner Sperre international Fuß zu fassen. Wenn ich die Zeilen lese, kommen bei mir die Emotionen wieder hoch, wie es war, als wir mit der Mannschaft in Brisbane waren und das Ergebnis der B-Probe erfahren haben. Es war für uns alle ein Riesenschock und alle konnten es nicht nachvollziehen. Dann das schlimme Ereignis in Usbekistan, nachdem sich Alex nach der Sperre zurückgekämpft hatte, Schlaganfall … unfassbar. Ich bin stolz darauf, dass ich mit Alex als Bundestrainer zusammenarbeiten konnte und mit ihm nach 2000, er Sportler ich Trainer, 2012, er Bundestrainer, ich Assistenztrainer, an den Olympischen Spielen teilnehmen konnte. Die Zeilen in dem Buch sind so authentisch und realistisch geschrieben, dass sie nicht nur für mich, sondern für jeden lesenswert sind, nicht nur für Ringerfans. Das ist ein Buch für jeden. Es zeigt jedem, wie man nach herben Schicksalsschlägen wieder aufsteht und weiterkämpft, an sich glaubt und damit sein Leben meistert.

Jörg Helmdach
Sportdirektor – Bundestrainer Frauen/Freistil
Österreichischer Ringsportverband

Als Alex' Freund und sportlicher Weggefährte habe ich seine schweren Zeiten miterlebt und weiß, welche Anstrengungen sein »Erfolg« benötigte, den er hoffentlich noch sehr, sehr lange genießen kannst. Ich hoffe, dass sein »Mutmacher Buch« wirklich vielen »Schlaganfallpatienten« helfen wird, ihr Schicksal zu besiegen und dazu beträgt, wieder ein normales Leben führen zu können.

Toni Kunkel
Präsident des Hessischen Ringer-Verbandes

Den Sportler Alexander Leipold habe ich 1980 bei seinem Wechsel zum AC Bavaria Goldbach kennengelernt. Als Vorstand des AC Bavaria durfte ich seine sportlichen Erfolge hautnah miterleben. Das Bewundernswerte an Alexander Leipold ist seine freundliche, kameradschaftliche, zurückhaltende und ehrliche Art. Auf der Matte war Alexander einer der ehrgeizigsten Sportler, die ich in meinem Leben kennenlernen durfte. Seine außergewöhnliche Ringweise und die großen Erfolge hat er sich mit hartem Training und eiserner Disziplin erarbeitet. Bis heute ist er ein Aushängeschild des Ringkampfsports in Deutschland und in der gesamten Welt. Bemerkenswert ist, wie er nach seinen drei Schlaganfällen wieder aufgestanden und ins normale Leben zurückgekehrt ist. Hier bewundere ich besonders, mit welchem Elan und welcher Kraft er das bewältigt hat. Bis heute pflege ich mit Alexander Leipold eine sehr gute, freundschaftliche und sportkameradschaftliche Beziehung und wünsche ihm für seine Zukunft alles Gute.

Jürgen Klopp

Ehemaliger Trainer BVB

In seiner gesamten Karriere als Ringer hat Alex immer wieder seinen unbedingten Willen zum Sieg bewiesen, was für Leistungssportler nicht ganz ungewöhnlich ist. Vor welchen Herausforderungen im Leben man aber steht, macht einen gewaltigen Unterschied und die größte Herausforderung seines Lebens oder auf ihn gemünzt, der wichtigste Kampf seines Lebens war der, nach drei Schlaganfällen zurück ins Leben und sogar wieder auf die Matte zu finden. Alex hat gezeigt, wozu Menschen in der Lage sind, wenn sie nur wollen, und das nenne ich Motivation. Motivation für alle, die in der gleichen oder einer anderen scheinbar unlösbaren Lebenslage stecken, nach vorn zu schauen und das Leben als das zu sehen, was es ist – ein Geschenk. Mit seiner Geschichte, zu der auch sportliche Rückschläge gehören, von denen er sich genauso wenig hat unterkriegen lassen, kann und will er anderen helfen.

Renate Lingor

Fußball-Weltmeisterin

Wenn ich mit Alex für einen guten Zweck gegen den Ball trete, kann ich mir kaum vorstellen, wie viele Schicksalsschläge er schon hinter sich hat. Er hat immer ein Lächeln auf dem Gesicht und jammert nicht darüber, was er alles durchmachen musste. Ganz im Gegenteil – er genießt das Leben und ist immer vorne mit dabei, wenn es um »die gute Sache« geht. Alex ist das beste Beispiel dafür, wie man sich wieder zurückkämpfen kann – wenn man nur will!

Frank Wienecke

Judo-Olympiasieger

Betrachtet man Alexander Leipolds Erfolgsbilanz im Ringen, so gehört er zweifellos zu den Ausnahmesportlern, wie es sie nur sehr selten auf der Welt gibt. Als Ringkämpfer hat er einige Rückschläge erfahren müssen, aber sein größter Rückschlag waren wohl seine drei Schlaganfälle. Dass ein Mensch, der in seiner Sportart zu so außergewöhnlichen körperlichen und psychischen Leistungen fähig war und von heute auf morgen durch einen Schlaganfall auf null zurückgeworfen wird, ist für mich eine unvorstellbare Situation und ein beängstigender Gedanke. Ich bewundere an Alex sehr, wie er mit seinen Rückschlägen durch die Schlaganfälle umgegangen ist und ich wünsche mir, dass er durch seine Geschichte anderen Betroffenen hilft, mit ihrer persönlichen Situation besser umgehen zu können.

Michael Greis
3-facher Olympiasieger Biathlon
Champion des Jahres 2006

Sportler zeichnen sich durch ihr Durchhaltevermögen aus. Besonders Alexander hat mit seinem Comback nach dem Schlaganfall bewiesen, dass viele Dinge möglich sind. Er ist ein ideales Vorbild für Menschen, die wieder aufstehen möchten.

Joachim Lambii
Ex-Profitänzer und Let's Dance-Wertungsrichter

Alexander Leipold: Meinen höchsten Respekt vor so einem Menschen, der alles erlebt hat und immer wieder aufgestanden ist. Es lohnt sich zu kämpfen, er kann davon berichten in seinem neuen Buch!

Isabell Edvardsson
Profitänzerin (Let's Dance)

Ich habe Alexander Leipold während der 7. Let's Dance-Staffel (RTL, Jahr 2014) kennengelernt und bin beeindruckt von der Ruhe, Gelassenheit und positiven Energie, die er ausstrahlt. Mir kommt es so vor, als ob er ganz genau unterscheiden kann, was wichtig ist und was nicht, und er weiß, was zu schätzen ist. Sprich: Er gibt nur Energie in Sachen, die man verändern kann – und in seine Ziele. Energie verschwenden an unwichtige Dinge? Das tut er, denke ich, nicht. Das ist eine Gabe, die nur Menschen besitzen, die etwas Starkes erlebt haben. Als ich seine Geschichte erfahren habe, mit allen Details, war ich sehr schockiert. Ich verneige mich vor seiner Kraft und vor allem vor seiner positiven Energie, die er an andere weitergibt – das ist Größe! Wenn ich an Alexander denke, fange ich an zu lächeln – er gibt einem das Gefühl, dass man glücklich sein und die kleinen, schönen Dinge des Lebens wertschätzen soll! Von Alexander kann man viel lernen und ich achte sein Engagement für die Menschen, die das gleiche Schicksal erlebt haben. Dieses Buch wird hoffentlich vielen Menschen Mut machen!

Daniel Hartwich
Moderator

Die Lockerheit und Bodenständigkeit von Alexander Leipold, gepaart mit der Willenskraft und Charakterstärke eines Leistungssportlers haben mich enorm beeindruckt. Wie er den Schicksalsschlag Schlaganfall meisterte, macht Hoffnung. Seine Geschichte hat mich sehr berührt.

Carmen Geiss
Fernsehdarstellerin und Let's Dance-Teilnehmerin

Alex habe ich als offenen, sympathischen und sehr zielstrebigen Tanzkollegen erlebt und kennengelernt. Seine Lebensgeschichte, der Kampf, nach drei Schlaganfällen zu überleben, und sein großes soziales Engagement haben mich aber vor allem beeindruckt! Deshalb habe ich auch die Schlaganfall-Hilfe, wofür Alex Botschafter ist, mit unserer »Fluchkasse« unterstützt.

Johann Lafer

Fernsehkoch

Ein sehr persönliches Buch von einem Mann, der's kann. Immer wieder aufstehen und gleichzeitig Gutes tun. Der ehemalige Freistilringer, 21-facher deutsche Meister, vierfacher Europameister, doppelter Weltmeister und Olympiasieger lässt sich von nichts und niemandem unterkriegen. Alex Leipold macht sogar aus Schicksalsschlägen eine Tugend. Als persönlich Betroffener unterstützt er die Stiftung Deutsche Schlaganfall-Hilfe. Auch mit diesem Buch. Das nenne ich Sportsgeist und kann es nur empfehlen.

Birte Karalus

Moderatorin

Was macht einen Menschen stark? Darauf gibt es sicherlich viele ganz unterschiedliche Antworten. In meinem Beruf als Journalistin und vor allem in meiner Tätigkeit als Ehrenbotschafterin für die Deutsche Schlaganfall-Hilfe bin ich zu der Überzeugung gelangt, es ist die Art und Weise wie man Krisen durchsteht: Nicht aufgibt, das Jammern sein lässt und ins Handeln kommt. Eine Erfahrung, die Alexander Leipold nicht nur einmal in seinem Leben machen musste. Authentisch gibt der vierfache Europa- und zweifache Weltmeister im Freistilringen einen intimen Einblick auf seine ganz persönlichen Krisen und erzählt vor allem, wie er aus diesen vermeintlichen Niederlagen Siege generierte. Motivierend!

Die Presse schreibt

Der Ringer

Von Ruedi Leuthold | DIE ZEIT, 2004

Alexander Leipold musste seine Goldmedaille zurückgeben. Dann kamen die Schlaganfälle. Ganz langsam kommt er wieder.

Alexander Leipold, 35, war ein deutscher Held. Drei Tage lang. Dann nannten sie ihn Betrüger und Verräter, und seine Karriere schien zerstört.

Obertauern, ein österreichisches Alpendorf, Trainingslager der deutschen Ringer-Auswahl. Die Jungs rollen und tollen über die Matte. Sieht alles ein bisschen seltsam aus. Fremd wie die Liebesspiele von Ochsenfröschen. Es sind aber nur Aufwärmübungen.

Ringen; die ursprünglichste aller Sportarten. So alt wie Laufen. Verbreitet in allen Kulturen. In China, im alten Griechenland, bei den Römern, den Türken, den asiatischen Steppenvölkern und ebenso in Karlstein, 7000 Einwohner, Unterfranken. Hier rang sein Vater. Hier rang der um neun Jahre ältere Bruder. Hier stand Alexander Leipold schon als Zweijähriger auf der Matte, sie ist zwölf Meter mal zwölf Meter groß. Ein Jahrhunderttalent nannten sie ihn schon bald. Einer wie der Russe Fazaiev das Wunderkind, der Mozart des Ringens. Gegen den kämpfte Alexander Leipold mit 19 Jahren und luchste ihm einen Punkt ab. Und der Künstler sagte: Das wird ein Großer des Ringersports. Da war Leipold schon Junioren-Weltmeister.

Das war 1988. Zwei Jahre später begannen die Knie zu schmerzen. Die Ärzte fanden eine seltene Knochenkrankheit. Nie mehr Sport, sagten sie. Da war ein Physiotherapeut, Werner Kraß, der glaubte an ihn. Half ihm wieder auf die Beine. Diesen seinen Freund sollte er noch einige Male brauchen in seinem Leben.

Habe halt, pflegt Alexander Leipold zu sagen, wenn es Schicksalsschläge zu verteilen gab, öfter mal die Hand hochgestreckt. Jetzt übt er den Angriff, immer wieder, sechs Minuten lang, drei Minuten Pause, sechs Minuten. Kondi-Lehrgang der Nationalmannschaft. Die Muskeln übersäuern. Damit der Körper später ganz leicht ist, ganz folgsam, zu höchsten Anstrengungen bereit. Bei den Olympischen Spielen von Athen vielleicht. Es wären die fünften in Folge, Entschädigung für vieles.

Freistilringen. Angriffe auf die Beine sind erlaubt, im Gegensatz zum griechisch-römischen Stil. Verboten sind Würgen, Stoßen, Treten, den Gegner an Haaren oder Geschlechtsteilen zu fassen sowie Finger und Zehen zu verdrehen. Ringer erkennt man an ihren geschundenen, vernarbten, platt gedrückten Segeln, auch Blumenkohlohren genannt. Hautpilzinfektionen gehören zum Risiko, beobachtet werden häufig Verletzungen der unteren Rippen, Bandscheibenprobleme, Beschädigungen der Kniegelenke. Schlaganfälle gehören nicht zu den typischen Merkmalen einer Ringerkarriere.

Ein Wunder, dass er wieder auf der Matte steht!

Aber der ist halt so ein Talent. Und was einer hat, das kann er nicht verlernen. Jetzt fehlt ihm noch das Selbstvertrauen. Das hat ihn so groß gemacht und gefährlich, diese innere Sicherheit. Mit der Angst im Nacken kann keiner gewinnen.

Eigentlich wolle Wolfgang Nitschke nach Sydney zurücktreten, auf dem Höhepunkt einer Trainerlaufbahn: Alexander Leipold, Olympiasieger im Weltergewicht. Das erste olympische Ringer-Gold für Deutschland seit Wilfried Dietrich, dem Kran aus Schifferstadt, Rom, 1960. Als drei Tage später das Unbegreifliche geschah, sein bester Schüler disqualifiziert wegen Dopings, da beschloss Nitschke weiterzumachen. So konnte er nicht aufhören. Das war alles gar nicht wahr.

365 Griffe beherrschten die mittelalterlichen Berufsringer der türkischen Sultane. Tausend Möglichkeiten hat ein Kämpfer der russischen Schule, mit Schwingen, Reißen und Schleudern, mit Aushebern, verkehrten Aushebern, mit Beinschrauben und Kopfzangen seinen Gegner auf die Schultern zu zwingen. Im Osten Europas sind Ringer Volkshelden, in den USA ist Ringen Schulsport. In den Steppen Kyrgystans und in den Colleges der amerikanischen Städte hat man von Alexander Leipold gehört. Der Mann, der an den 27 größten internationalen Ringerveranstaltungen der letzten Jahre 18-mal eine Medaille geholt hat, der einzige westeuropäische Star der Szene, der Amateur, der die Profis auf die Schultern legt.

Schien nicht stärker als andere. Nicht schneller. Was die Leute von den Sitzen riss, war seine Fähigkeit zur Überraschung. Besaß keine Standardtechnik. Aber die richtigen Antworten. Alex Leipold, Konterspezialist.

Eine Woche nach der Aberkennung der Goldmedaille richtete er sich eine neue Telefonnummer ein und ging wieder auf die Matte.

Nach den Schlaganfällen dauerte es etwas länger.

Über Höhen und Tiefen, pflegt Alexander Leipold zu sagen, braucht mir keiner was zu berichten.

Zwanzigfacher deutscher Meister, vierfacher Europameister, zweifacher Weltmeister. Mit der AC Bavaria Goldbach 14-mal ununterbrochen im Finale der deutschen Mannschaftsmeisterschaften. Angestellt bei der Linde AG in Aschaffenburg, 30 Wochenstunden. Die Firma stellt Gabelstapler her, Leipold, gelernter Kaufmann, ist verantwortlich für die Sicherheit der Angestellten. Verheiratet mit Juliana Marx, Jugendfreundin, ein Sohn, Tim, Papas Bester. Leipold ist auch Jugendtrainer. Er raucht nicht, trinkt keinen Kaffee, um dem Körper unnötige Belastungen zu ersparen. Manchmal liest er John Irving, den amerikanischen Schriftsteller, dessen Figuren häufig Ringer sind. Im Roman Eine Mittelgewichtsehe legen sich die Paare kreuzweise auf die Matte. »Alle großen Ringer«, heißt es in dem Buch über deren Verfassung vor dem Kampf, »haben ihre eigenen Tunnel – lange, dunkle, leere Gänge durch ihre langen, dunklen, leeren Köpfe.«

Der Ringer braucht die Kraft, Ausdauer und Schnelligkeit eines 400-Meter-Läufers. Nur muss er mehrere Läufe hintereinander absolvieren. Im Trainingszentrum von Obertauern, 1800 Meter über dem Meeresspiegel, arbeitet Alexander Leipold an den Gewichten. Der Puls treibt auf 200 Schläge hinauf. Vor fünf Monaten war Alexander Leipold halbseitig gelähmt, konnte nicht mehr sprechen und hatte Angst, er würde sein Leben lang ein Pflegefall bleiben.

Seoul, 1988, die ersten Spiele, siebter Platz. Es gab zwei knappe Kämpfe, Leipold hätte auch Dritter werden können, aber er war zufrieden.

Barcelona, 1992, Dreizehnter, sein schlechtester internationaler Wettkampf. Danach, bei den Europameisterschaften, drückte ihm ein Bulgare mit einem verbotenen Griff die Halsschlagader ab, kein Kampfrichter bemerkte es, er wurde nur Vierter.

Dann, pflegt Alexander Leipold zu sagen, regt man sich auf, und dann muss man akzeptieren, dass es so ist.

Fünfter in Atlanta, 1996, Eine knappe 2:1-Niederlage gegen den späteren Olympiasieger, eine nicht gegebene Wertung gegen einen Bulgaren – es hätte besser ausgehen können.

Sydney 2000, das waren seine Spiele. Weihnachten zuvor, im Finale der Deutschen Meisterschaften, hatte er sich noch das Knie-Innenband angerissen. Sein Freund, Physiotherapeut Werner Kraß, brachte ihn wieder auf die Beine. Die Europameisterschaften ließ er sausen. Machte Krafttraining. Durfte, als er für eine Werbeveranstaltung von adidas in die USA eingeladen war, zwei Wochen lang mit den Amerikanern trainieren. Gratis. Die Ringer, pflegt Alexander Leipold zu sagen, sind eine große Familie. Das Ringen, pflegt er zu sagen, ist Zweikampf und fair. Und fertig.

Er war in Form wie nie, und das waren seine Wettkämpfe. Problemlose Siege bis in das Halbfinale, wo er auf den Koreaner traf, der ihn schon einmal bezwungen hatte. Der machte zu Beginn ein kleines Pünktlein und verteidigte seinen Vorsprung im Bodenkampf, zäh, bissig, stur. Drei Minuten, sechs Minuten, Verlängerung. Fünf Sekunden vor Schluss tat Leipold so, als würde er den Kampf aufgeben. Der Gegner ließ sich zum Angriff verlocken, Leipolds Konter, die Kopfklammer, der Sieg. 9000 Zuschauer in der Exhibition Hall in Sydney standen auf, jubelten: So etwas macht nur einer auf der Welt. Das Finale gegen den Amerikaner, eine klare Sache. Brandon Slay, ein aggressiver Angreifer, fürchtete sich vor dem überraschenden Gegenschlag, machte Fehler schon beim Zugreifen, Sieg mit 4:0 Punkten. Und dann die Bilder, die um die Welt gingen; Leipolds Rad, den Jubelsalto mit Fahne, der tierische Biss ins Gold. Die Erfüllung. Der Anruf bei seiner Frau, Schatz, wir gehen aufs Schiff, Belohnung für alle Entbehrungen, eine Reise der Olympiasieger, versprochen vom deutschen Olympischen Komitee. Davon hat er nie wieder etwas gehört. Die Dopingprobe zeigte Spuren von Nandrolon im Urin, zehn Mal mehr als das Erlaubte, den tausendstel Teil einer Tablette, die dem verbotenen Kraftaufbau gedient haben könnte – jedenfalls kein sehr sinnvolles Doping am Tag des wichtigsten Wettkampfs für einen Ringer, der bei unzähligen Proben vorher nie positiv getestet worden war.

Manchmal sagt Alexander Leipold, aber nicht sehr häufig, da er nicht gern an diese Zeit zurückdenkt, manchmal sagt er: Ein Mensch mit einer labilen Seele hätte sich wohl von der Brücke gestürzt.

Nandrolon ist ein Steroid, dem männlichen Sexualhormon Testosteron nachgebildet. Im Urin nachgewiesen werden die Abbauprodukte Norandrosteron und Noretiocholanolon, die auch vom Körper selbst produziert werden können. An diesem 30. September 2000 war Ringer Leipold mit gequetschten Hoden, angerissenen Rippen und einem blauen Auge zum Kampf angetreten. Es gab Ärzte, die es nicht für ausgeschlossen hielten, dass sein Körper unter diesen Umständen die festgestellten Mengen der verbotenen Substanzen selbst produziert hatte. Er hörte von Untersuchungen, die zeigten, dass es reichte, von den Innereien eines unkastrierten Ebers zu essen, um positiv auf Nandrolon getestet zu werden. Es gab die Möglichkeit, dass ein Nahrungsmittel verunreinigt war, weil die Zutaten aus einem Labor kamen, in dem auch Dopingmittel hergestellt wurden. Es gab Leute, die sagten, man müsse sehen, wer von der Disqualifikation Leipolds profitiert habe. Denn zu der Frage eines willkürlich festgelegten Grenzwerts kam noch das Rätsel der Urinprobe. Leipold hatte eine Empfangsbestätigung für 50 Milliliter Urin, die er dem Dopinglabor abgegeben hatte. Es waren aber 85 Milliliter untersucht worden.

Es gab Gründe genug, verrückt zu werden, wenn man sich für unschuldig hielt. Eine Woche nach der Rückkehr aus Sydney richtete sich Alexander Leipold eine neue Telefonnummer ein und ging zurück auf die Matte. Man ringt, pflegt Alexander Leipold zu sagen, nicht für die Funktionäre. Man ringt aus Freude.

Später reduzierte das Olympische Komitee seine Sperre um ein Jahr, die Kosten für den Rekurs wurden erlassen. Die Goldmedaille bekam er nicht zurück.

Leipold trainierte wieder, dachte an Athen 2004. Im Frühjahr 2003 wurde er Zweiter bei den Europameisterschaften.

Im Juni 2003 bekam er Fieber, Kopfweh, Gliederschmerzen, eine Viruserkrankung. Einen Monat lang fühlte er sich schlapp, dann begann er mit leichtem Training. Ein dreiwöchiger Konditionslehrgang, und er war wieder der Alte. Ein Modellathlet, wie sein Trainer sagt. Dann, Ende Juli 2003, ein Mannschaftswettkampf in Taschkent, der Hauptstadt von Usbekistan. Noch während der Mannschaftsvorstellung ein Kribbeln auf der linken Seite, auch im Gesicht, Schluckbeschwerden. Aber der deutsche Botschafter war gekommen, und da versuchte man es halt, und da man schon auf der Matte stand, wollte man auch gewinnen.

Danach notfallmäßig zurück nach Deutschland. Ein Schlaganfall, stellten die Ärzte der Universitätsklinik Würzburg fest, das Immunsystem hat verrückt gespielt nach der Viruserkrankung. In der Nacht, bevor er nach Hause gehen sollte, kamen die Schwestern ins Zimmer, er wollte ihnen was sagen, und es ging nicht. Er wollte sich bewegen, und es ging nicht. Der Kopf war klar, aber er war halbseitig gelähmt, und er konnte nicht sprechen.

Lange, dunkle, leere Gänge.

Vier Wochen Rehabilitationsklinik. Sprachaufbau, Wassergymnastik, Gedächtnisübungen.

Leipold notierte seine Fortschritte.
Eine Minute spazieren gehen.
Drei Sekunden Bauch anspannen.
Rad fahren, Puls 120.

Ein Gedicht auswendig gelernt.
Weltmeisterschaften verpasst.

Wieder kam der Freund, der Physiotherapeut Werner Kraß. Gleichgewichtsübungen. Reittherapie. Dann die sportmedizinischen Tests. Werte wie vor den Schlaganfällen. Der IQ: über 130.

Im Oktober wählen ihn 76 deutsche Medaillengewinner aus allen Sportarten zum »Champion des Jahres 2003«. Am 19. Dezember der erste Wettkampf nach den drei Schlaganfällen. Als Lohn wählt er eine Reise zu den Shaolin-Mönchen in China. Um mal ein bisschen darüber nachzudenken, was überhaupt passiert ist. Weil die Qualifikationsturniere für die Olympischen Spiele in Athen 2004 vorbei sind, stellt der Trainer das Gesuch um eine Wildcard. In Anerkenunng dessen, was Leipold dem Ringersport gegeben hat, sollte er nach dem Schicksalsschlag die Chance bekommen, zum fünften Mal an Olympischen Spielen teilzunehmen. Die Wildcard blieb ihm verwehrt.

Ein harter Trainingstag ist zu Ende. Die Muskeln so, wie sie sein sollen in dieser Phase des Aufbaus: erschöpft.

Die Augen klein, blau und wach.

Was war das Schlimmste, Herr Leipold?
Die Angst, ein lebenslanger Pflegefall zu bleiben.

Vertrauen Sie Ihrem Körper noch?
Da war etwas, das von außen kam, ein Virus. Dafür kann ich nichts. Aber wir haben den Angriff abgewehrt. Ich muss stolz sein auf meinen Körper.

Was hat Ihnen geholfen?
Das Ringen. Der Wunsch, wieder ringen zu können.

Was haben Sie vom Ringen gelernt?
Siegen und verlieren. Dass man gut kämpfen kann und trotzdem verlieren. Respekt vor dem Gegner.

Olympia 2000?
Bei der Abschlussfeier lag ich fünf Minuten lang auf dem Rücken, ich schaute in den Himmel und dachte, ich bin Olympiasieger. Das ist der Moment, den ich festhalte. Das sind die Gefühle. Das Glück. Das bleibt, auch wenn ich keine Medaille habe. Zuerst wollte ich weiter protestieren, aber jetzt denke ich, ich bin Olympiasieger, ich bin es, für drei Tage. Ich akzeptiere es.

Auch die gesundheitlichen Niederschläge?
Man hat Freunde, man hat eine Familie, die einen liebt und unterstützt, aber am Schluss ist es wie im Ringen. Da stehst du ganz allein auf der Matte.

Der Kampf seines Lebens

Von Katrin Schulze | Der Tagesspiegel, 2009

Alexander Leipold hat viele Titel errungen. Doch den größten Erfolg seiner Karriere feierte der Freistilringer abseits der Matte: Drei Schlaganfälle hat er besiegt. Und ist seit diesem Jahr Männer-Bundestrainer.

Da lächelt er. Halb höflich, halb verschmitzt. Schon von weitem ist dieses Lächeln nicht zu übersehen; es nimmt auch nicht ab, wenn man sich ihm nähert. »Gut, nicht?«, fragt er dann so beiläufig wie möglich, ohne eine Antwort zu erwarten. Vielleicht ist dieser kleine Wettkampf abseits des Trainings, in dem große starke Männer herumtollen wie kleine Jungs, in dem Alexander Leipold mit anderen Sportlern über einen glibschigen Untergrund mit Hindernissen spurtet, tatsächlich lustig oder verrückt. Jedenfalls hat ihn der Mann mit dem listigen Lächeln gerade gewonnen. Gut, nicht?

Es war ein Sieg für den Spaß. Aber er hat ja schon viel gewonnen. »Und ein Lächeln habe ich sowieso immer im Gesicht«, sagt er. Wenn Alexander Leipold heute herumtollt und lacht, ist das auch immer ein kleiner Triumph über seinen Körper.

Einundzwanzig Mal wurde er Deutscher Meister im Freistilringen, vier Mal Europameister und zwei Mal Weltmeister, doch seinen größten Kampf hat er nicht auf der Matte gewonnen, sondern in Krankenhäusern, Rehabilitationszentren und Therapien. Drei Schlaganfälle hat Leipold besiegt.

Und wenn er, wie jetzt, darüber redet, klingt das bemerkenswert besonnen, fast ein bisschen weise. Inzwischen kann er seinen wichtigsten Sieg einordnen. Etwa 250.000 Menschen erleiden in Deutschland jährlich einen Schlaganfall, neben Krebs und einem Herzinfarkt zählt er zu den häufigsten Todesursachen. Leipold ist Botschafter der Deutschen Schlaganfall-Hilfe, er ist es gewohnt, von seinem Schicksal zu erzählen.

»Schon als Sportler habe ich mich nie aufgegeben«, sagt der 40 Jahre alte Mann aus der Nähe von Aschaffenburg. »Auch bei meiner Krankheit war das so. Es ging schließlich um meinen Beruf, meine Existenz.« In Wirklichkeit ging es um viel mehr – um sein Leben. Nicht viele Menschen überleben drei Schlaganfälle, noch weniger überstehen sie ohne bleibende Schäden. Leipold ist die Ausnahme. Ein Gefühl, das er kennt.

Im Durchschnitt sind Männer bei ihrem ersten Schlaganfall um die 70 Jahre alt. Alexander Leipold ist gerade mal 35, als es plötzlich »links so ein bisschen kribbelt«, während er seine Jacke auszieht. Danach kribbelt es auch im Bein, am Mund, auf der kompletten linken Seite. Irgendwann, im Juli 2003 muss es sein, Alexander Leipold befindet sich gerade in einem Trainingslager in Usbekistan. Dass er in diesem Moment einen Schlaganfall erlitten hat, kommt ihm nicht in den Sinn. Wie auch? »Ich gehöre überhaupt nicht zur Risikogruppe«, erzählt er. »Ich mache viel Sport, bin relativ jung, rauche nicht, trinke keinen Kaffee, kaum Alkohol. Über so etwas wie einen Schlaganfall habe ich mir nie Gedanken gemacht.«

Er selbst witzelt über sein Taubheitsgefühl, seine Trainer aber schicken ihn zurück nach Deutschland, wo der Ringer die Diagnose erhält. Eine aus einer schweren Viruserkrankung resultierende Überreaktion seines Immunsystems hat ihn umgeworfen, wie es keinem seiner Gegner auf der Matte zuvor gelungen ist. Die Ärzte behalten ihn vorsorglich in der Klinik, wirklich ernst nimmt Leipold diese Sache, um die alle so einen Wind machen, trotzdem nicht, er fühlt sich gesund – und fit. Zwischen den Untersuchungen macht der Leistungssportler Liegestütze, Bauchmuskelübungen, fährt Rad. Bis er irgendwann bei einem Routinecheck in der Nacht geweckt wird – und kein Wort rausbringt. »Ich habe die Worte im Kopf formuliert und trotzdem nichts gesagt«, erzählt er. »Auf einmal merkt man, dass die Ärzte um einen herum zu rotieren beginnen. Dann fängt man selbst an zu rotieren. Ich wäre am liebsten aus dem Bett gesprungen, aber das ging nicht.«

Der zweite Anfall.

Nur kurz danach folgt der dritte.

Leipold fängt an zu begreifen: Lustig ist das nicht. »Das Schlimmste ist, dass du völlig klar im Kopf bist, aber alle denken, du bist bekloppt, weil du kein Wort herausbringst.« Er stockt kurz. »Wenn der Anfall bei mir zu Hause passiert wäre und man Zeit verstreichen lassen hätte, dann wäre ich jetzt vielleicht im Rollstuhl. Oder gar nicht mehr.« Sein Tonfall wird nun härter, das markante Lächeln ist schon eine ganze Weile verschwunden. Wenn es um seinen Körper geht, versteht Alexander Leipold keinen Spaß.

Dabei ist aus dem Sportler zwischenzeitlich ein Patient geworden, einer, der halbseitig gelähmt ist, nicht sprechen und schlecht schlucken kann. »Sie haben mir Kortison gegeben. Innerhalb eines Tages habe ich acht Kilo zugenommen – nur an Wasser. Ich sah aus wie ein Anti-Sportler.« Aus Leipolds Mund hört sich das wie ein Schimpfwort an: Anti-Sportler. Doch Schlaganfälle sind keine sportlichen Gegner, auch wenn sie ihn offenbar ähnlich herausfordern.

Anstatt sich an Hanteln abzurackern oder die Technik bis ins kleinste Detail zu verfeinern, geht es für den Patienten Leipold nun um profane Dinge: »Zähne putzen, sich alleine anziehen, alleine essen, mit meinem Sohn sprechen, spazieren gehen. Das waren die ersten Ziele.« Als er das erste Mal aufsteht, ist das schon ein Sieg, er schleppt sich mit seinem Infusions-Gestell auf den Gang, ganz kurz nur, solange, bis die Schwäche ihn wieder im Klammergriff hat.

Sein Gefühl für den Körper mag Alexander Leipold vorübergehend verlassen haben, sein Ehrgeiz nicht. Ein »gigantisches Rehaprogramm« setzt er auf seinem Laptop in einer penibel geführten Excel-Datei auf: Schritt für Schritt zurück ins Leben. Drei Minuten laufen, fünf, zehn, zwanzig. Und so weiter. Jetzt lacht er kurz auf, »als Leistungssportler bist du da vielleicht ein bisschen verrückter als andere«, sagt er. Auch das ist Alexander Leipold: ein Perfektionist, ein Besessener.

»So etwas wie mich hatten sie auf der Station wohl noch nie«, erzählt er. »Ich habe alles mitgemacht, was die Reha hergab.« Und noch ein bisschen mehr. Sein Weg zurück führt über Gleichgewichts- und Koordinationsübungen, über Thai-Chi, Sprach-

und Krafttraining, über Gespräche mit Psychologen, dem Auswendiglernen von Gedichten und einer Reit-Therapie. Ob dieses Megaprogramm anschlägt, ist anfangs nicht abzusehen.

Vier Monate nach seinem ersten Anfall steht er allerdings schon wieder auf der Matte. Dass Leipold zurückkommt, verblüfft die Ärzte, wie schnell er zurückkommt, bezeichnen einige als »medizinisches Wunder«. Für den Ringer selbst ist es kein Wunder, er führt seine rasante Genesung auf seinen Willen, sein Umfeld, Familie und Freunde, zurück – und auf einen großen Traum. Den Traum, noch einmal auf Weltklasseniveau zu ringen, noch einmal bei Olympia teilzunehmen, es allen zu zeigen. Denn da ist ja noch eine offene Rechnung – mit zigtausend Zweiflern.

2000, in Sydney war dem Ringer die Goldmedaille wegen eines erhöhten Nandrolon-Wertes aberkannt worden. Nach einem langwierigen Prozess wurde Leipolds Doping-Sperre von zwei Jahren auf ein Jahr verkürzt. Mehr erreichte er im Kampf um das Bild seiner Unschuld nicht. Für die Spiele vier Jahre später in Athen ist die Zeit trotzdem zu knapp, er schafft es nicht dorthin, was ihn »getroffen hat, aber ich konnte ja nichts daran ändern«.

Nur an den ruhigen Tagen zwischen Weihnachten und Neujahr überkommt Leipold sein Schicksal manchmal, dann denkt er zurück an seinen ersten Kampf nach den Schlaganfällen, der am 20. Dezember 2003 stattfindet, und wie schnell doch alles wieder in den Alltag übergegangen ist. »Weihnachten war damals ein kritischer Punkt«, gesteht er. »Arbeit, plus Training, plus Reha. Die Tage zwischen den Jahren waren voller als vor der Krankheit. Mit Ruhe war da nichts, nicht mal einen Weihnachtsbaum hatten wir.« Zeit zum Abschalten gibt es auch in diesen Tagen nicht, obwohl »ich mal ohne Handy meine Gedanken sortieren wollte«. Erst eine Reise nach China im Jahr 2004 unterbricht den Alltagsstress; zusammen mit den Shaolin-Mönchen trainiert und meditiert er. Weit entfernt vom Trubel um seine Person findet er das, wonach er sucht. Ruhe und Kraft.

Dennoch, irgendwie ist das mit der Ruhe auf Dauer nichts für einen so ehrgeizigen und energischen Mann wie ihn. 13 Jahre lang hat Leipold neben seinem Ringerdasein und später auch neben seinem Teilzeitjob als Landestrainer im Einkauf eines Industriekonzerns gearbeitet, ehe ihm 2005 eine Stelle als deutscher Nachwuchs-Bundestrainer angeboten wird. Das ist sein Ding, auch wenn er sich anfangs die Frage stellt, ob er überhaupt geeignet ist für diese Aufgabe – bei seiner Vergangenheit. Ist er.

Schon als aktiver Ringer schlüpft er in die Rolle seiner Chefs und leitet die Übungseinheiten. Alexander Leipold ist eigentlich schon immer Trainer gewesen. Er scheint prädestiniert dafür, anderen das beizubringen, was für ihn selbst immer Teil seines Lebens war – trotz, oder vielleicht auch gerade wegen der Vergangenheit. Leipolds ganze Familie kommt aus der Szene, mit fünf Jahren beginnt er selbst zu ringen und schlägt die meisten seiner Gegner, obwohl »ich ein schmaler, schmächtiger Typ war«, wie er erzählt. Mit 15 sieht er sich die Olympischen Spiele in Los Angeles im Fernsehen an und weiß: »Da will ich hin, das schaffe ich!«

In diesem Jahr hat Alexander Leipold den großen Sprung geschafft. Nicht als Aktiver, sondern als Trainer. Im November wird er zum Bundestrainer der Männer befördert. Eine besondere Aufgabe. Denn Leipold war vorerst der letzte deutsche Freistilringer, dem es gelang, eine Medaille bei Weltmeisterschaften zu holen, nun bildet er im Prinzip seinen eigenen Nachfolger aus.

Wahrscheinlich gäbe es für die Geschichte des Alexander Leipold nicht einmal in einem Hollywood-Film ein Happy-End. »Wenn es Schicksalsschläge zu verteilen gab, habe ich öfter mal die Hand gehoben«, sagt Leipold. Nach seinen Schlaganfällen hat er sich vorgenommen, alles gelassener anzugehen und lieber »fünf Minuten später zu kommen als sich abzuhetzen«. Was von diesem Vorsatz übrig geblieben ist? Nicht allzu viel. Und da ist es wieder, das Lächeln – noch ein bisschen breiter als vorhin. »Als Bundestrainer ist es schwierig, gelassen zu bleiben. Ein Bundestrainer schläft ja nicht.« Alexander Leipold wirkt nicht so, als ob ihn das stören würde. Jetzt muss er auch wieder los. Gleich beginnt ein Volleyballturnier.

Zeit für den nächsten Sieg.

Harte Kerle trotzen dem Schlaganfall

Von Berthold Köhler | Coburger Tageblatt, 2013

Diesen Dezember-Morgen wird Egon Leipold nie mehr vergessen. Halbseitige Lähmung, massive Störungen beim Sprechen – da wusste der 78-Jährige sofort, was Sache ist: Schlaganfall! Heute, gute 14 Tage später, geht es dem Unterfranken nach eigenem Bekunden schon wieder »sehr gut«.

Da ist dann auch die Familie beim Besuch in der Rehabilitation im »Medical Park« wieder zum Scherzen aufgelegt. »Das ist schon verrückt«, sagt Egons Sohn Alexander. »Zwei Schlaganfälle in der Familie – aber in der falschen Reihenfolge.« Denn auch Alexander Leipold, der zweimalige Weltmeister im Ringen, hatte schon einmal einen Schlaganfall. »Vor zehn Jahren, zwei Monaten« – das weiß Leipold junior heute noch ganz genau.
Damals war es eine Entzündung, die den Hochleistungssportler im wahrsten Sinne des Wortes niederstreckte. Aber weil ihn das Team des Bad Rodacher »Medical Park« seinerzeit wieder auf die Spur brachte – so weit, dass Leipold wieder wettkampfmäßig Ringen konnte und dann später das Amt des Bundestrainers übernahm –, wusste der heute 44-Jährige genau, was nach dem Schlaganfall für seinen Vater die richtige Entscheidung war: Ab nach Bad Rodach.
Freilich: Egon Leipold hätte auch irgendwo im unterfränkisch-hessischen Raum seine Reha absolvieren können, aber sein Sohn

bestand auf Bad Rodach. »Es geht nach einem Schlaganfall nicht darum, die nahegelegenste oder bequemste Rehaklinik zu finden. Es geht um die bestmögliche Therapie«, sagt Alexander Leipold, der heute wieder als Industriekaufmann in einem mittelständischen Unternehmen arbeitet. Also schickte der Sohn seinen Vater nach Bad Rodach.

Reha ist auch Arbeit

Egon Leipold traf der Schlaganfall wie ein Blitz aus heiterem Himmel. »Beim Schneeschaufeln hat er länger durchgehalten als ich«, sagt Alexander Leipold, der immer noch kein Gramm zu viel auf den Rippen hat. »Und gekegelt habe ich auch noch regelmäßig«, ergänzt sein Vater, dessen Sprachstörungen im Aschaffenburger Dialekt eigentlich kaum mehr zu erkennen sind. Nur die rechte Hand macht Egon Leipold, dem ehemaligen Maurer, ganz schön zu schaffen. »Die Greifübungen mit dem Bauklötzchen sind echt eine Quälerei«, erzählt Egon Leipold aus der Reha. Für so einen Satz erhält der Senior einen Klaps vom Sohn auf die Schulter und die Aufmunterung: »Das ist schon richtig so.« Denn sein Vater, weiß Alexander Leipold, ist ein umtriebiger Mensch. »Den musst Du beschäftigen.« Deshalb hat er ihn nach Bad Rodach geschickt, wo für den Schlaganfallpatienten jetzt an guten Tagen schon einmal neun Anwendungen an einem Tag auf dem Terminplan stehen.
Seit seinem persönlichen Schlaganfall-Schock vor zehn Jahren ist Alexander Leipold, der im Jahr 2000 im Freistilringen das Finale der 76-Kilogramm-Klasse bei den Olympischen Spielen in Sydney gewann, Botschafter der Stiftung »Deutsche Schlaganfall Hilfe«. Deshalb warnt er davor, das Risiko eines Schlaganfalls nur auf die Ü-70-Generation seines Vaters zu beschränken: »Es kann jeden treffen, auch junge Menschen«. Nur sei es,

leider, eben immer noch so, dass Ärzte bei jungen Patienten gar nicht auf die Idee der Diagnose »Schlaganfall« kämen. Dabei seien gerade die ersten drei Stunden nach einem Schlaganfall entscheidend. Wer da schnelle Hilfe bekommt, hat beste Chancen. Alexander Leipold absolviert zwar sicherheitshalber immer noch regelmäßig seinen »Check-Up 35« beim Hausarzt, hat aber keine Beschwerden, die in Richtung Schlaganfall deuten. Doch auch zehn Jahre, zwei Monate nach dem Schock bleibt beim 44-jährigen eine gewisse Grund-Sensibilität: »Wenn es irgendwo mal kribbelt, dann passt man schon besonders auf.«
Nicht zuletzt dank der Reha in Bad Rodach sind bei Alexander Leipold keinerlei Einschränkungen geblieben. Erst am Wochenende stand er wieder auf der Matte. Bei Germania Dettelbach, seinem Heimatverein, haben sie Leipold gefragt, ob er denn nicht aushelfen könne. Der ehemalige Bundestrainer, der immer noch »riesigen Spaß an dieser tollen Sportart« hat, konnte natürlich nicht ablehnen. 14:0 ist Leipolds stolze Kampf-Bilanz in der vierten Liga.

Mit dem Youngster im Team

Noch stolzer ist der Zweifach-Weltmeister, dass er dabei einmal sogar mit seinem 14-jährigen Sohn Tim im Team stand. »Und wir haben beide gewonnen«, erzählt Leipold junior-junior, der seinen Großvater Egon auch mit besucht. Mindestens bis 50 will Alexander Leipold noch dem Ringsport treu bleiben. Denn so lange stand auch sein Vater auf der Matte. Ringer, das sind zähe Burschen. Die lassen sich auch von einem Schlaganfall nicht aufs Kreuz legen.

Ringerstar Leipold sprach in Bad Camberg beim »Tag gegen den Schlaganfall«

Von Robin Klöppel | sport11, 2014

Alexander Leipold ist ein scheinbar kerngesunder und glücklicher Familienvater mit zwei Kindern. Der 44-Jährige war im Ringen zwei Mal Weltmeister, vier Mal Europameister und Sieger der olympischen Spiele von 2000 in Sydney. Gerade hat der Unterfranke durch seine Teilnahme als Kandidat in der RTL-Erfolgsshow »Let`s Dance« wieder extrem hohe Medienpräsenz. Am »Tag gegen den Schlaganfall« widmete sich Leipold als Botschafter der Stiftung Deutsche Schlaganfall-Hilfe bei einem Vortrag im Bad Camberger Medical Park aber ernsteren Themen. Viele werden sich fragen, warum sich der wegen seines vielfältigen sozialen Engagements bereits mit dem Bundesverdienstkreuz Ausgezeichnete ausgerechnet für die Schlaganfall-Hilfe engagiert. Bis vor elf Jahren hatte sich Leipold über das Thema auch wenig Gedanken gemacht. Er war durch seinen Leistungssport voll austrainiert und kümmerte sich vor allem um die Vorbereitung auf anstehende Wettkämpfe. Acht Stunden am Tag stand der ehemalige Nationalringer dafür auf der Matte. Doch urplötzlich bekam der damals 34-Jährige kurz nach dem Gewinn der Vize-Europameisterschaft eine zähe Virusinfektion. Vier Wochen lag er untätig im Bett. Als er sich wieder fitter fühlte, wurde das harte Training sofort wie gewohnt fortgesetzt. Denn es stand ein wichtiger Länderkampf an. Plötzlich wurden im Training Leipolds linker Arm und das linke Bein taub. Keiner aus dem Betreuerteam wusste zunächst, was es sein könnte. An einen Schlaganfall hätte der Erfolgssportler, wie er selbst erzählte, nie gedacht: »Ich habe sogar meinen Kampf noch bestritten und sogar gewonnen, aber die Probleme gingen nicht weg«, berichtete der prominente Redner. Nach der Diagnose Schlaganfall erlitt Leipold in der Klinik zwei weitere, heftigere Schlaganfälle. »Plötzlich konnte ich nicht einmal mehr richtig sprechen. Es ging wirklich nur noch ums nackte Überleben«, schilderte der Diplom-Trainer der deutschen Sporthochschule Köln die schlimmsten Erfahrungen seines Lebens. Alex Leipold hat den Kampf seines Lebens gewonnen und will anderen durch sein Engagement Mut machen, genauso an sich zu glauben. »Wenn sie nicht an sich selbst glauben, glaubt kleiner an sie«, betonte er. Um Folgeschäden zu verhindern, empfahl er bei Anzeichen auf Schlaganfall, sofort die Notrufnummer 112 anzurufen. Denn wenn der Schlaganfall die ersten drei Stunden nach dem Eintritt gleich behandelt werde, seien die Chancen am besten, ohne dauerhafte Schäden davonzukommen.

Anzeichen für einen Schlaganfall können laut Leipold Lähmungserscheinungen, Gleichgewichts-, Seh- und Sprachstörungen sowie starke Kopfschmerzen sein, Risikofaktoren neben weiteren hoher Blutdruck, Stress und starker Alkoholkonsum. Der Sportler warnte, solche Anzeichen müsse man sehr ernst nehmen, denn ein Drittel der von einem Schlaganfall Betroffenen behalte lebenslange Schäden zurück. Ein weiteres Drittel sterbe gar. Er gehört zu dem anderen Drittel, das davon kam, ohne dass ihm heute noch etwas anzumerken ist. Ein häufiges Kribbeln in der Hand ist nach Auskunft Leipolds das einzige, was ihn heute noch an seine Schlaganfälle erinnert. Wichtig sei, den Patienten soviel wie möglich selbst machen zu lassen,

damit er seinen Körper wieder trainiere. Da durch die Anfälle gewisse Regionen seines Gehirns abgestorben waren, versuchte er beispielsweise durch Gedichte lernen, neue, bisher ungenutzte Gehirnteile zu trainieren.
Im Medical Bark in Bad Rodbach hat Leipold an seinem Lebenscomeback gearbeitet. Nach einem Vierteljahr konnte der Ringer wieder normal reden. Um die alte Beweglichkeit wiederzuerlangen, hat er auch eine Reittherapie gemacht. Dranbleiben aber nicht zuviel wollen und verzweifeln lautete sein Tipp an die Bad Camberger Patienten. Es sei ein unglaublich emotionaler Moment gewesen, als er vor 2.000 Zuschauern im Dezember 2003 nach der Zwangspause wieder seinen ersten Wettkampf bestritten und von ihnen stehende Ovationen bekommen habe. Der Familie zuliebe hat Leipold den hektischen Herren-Bundestrainerposten aufgegeben, nachdem er zwei seiner Schützlinge 2012 noch zu den Olympischen Spielen in London geführt hatte. Heute arbeitet Leipold in einem ganz normalen Beruf in der Industrie. Die Herausforderung »Let's Dance« nahm er ohne vorherige Grundkenntnisse an. »Und ich bin auf jeden meiner Tänze stolz«, meinte der bescheidene und sympathische Sportler am Ende seines Vortrages.

Der Autor

Hans-Peter Breunig, 1953 geboren, beschäftigte sich als Redakteur beruflich und privat mit allen Facetten des Sports. Mit Alexander Leipold verbindet den Fußball-Manager einer Zweitliga-Frauenfußballmannschaft eine langjährige Freundschaft. Der Vorsitzende einer Fördergemeinschaft für Leistungssport war als langjähriger Beobachter der Ringer-Bundesliga gerne bereit, die bewegende Geschichte des Menschen und des Sportlers Alexander Leipold niederzuschreiben. Weitere Bücher des Autors: »Fußball ist das Größte« und »Das große Arena-Fußballbuch«.

#jokasportiv
Magdalena Neuner
Erfolgreichste deutsche
Biathletin
Steffi Böhler
Olympia-Medaillen-Gewinnerin
Skilanglauf

DANKSAGUNG

Vielen herzlichen Dank an alle, die mich unterstützt haben und mich auf meinem Lebensweg begleiten.